D1727783

PREMIÈRE PARTIE

Rédigée d'après les souvenirs personnels
de John Watson

EX-MEDECIN-MAJOR DANS L'ARMEE ANGLAISE

CHAPITRE I
SHERLOCK HOLMES

Ce fut en 1878 que je subis devant l'Université de Londres ma thèse de docteur en médecine. Après avoir complété mes études à Netley – pour me conformer aux prescriptions imposées aux médecins qui veulent faire leur carrière dans l'armée, – je fus définitivement attaché, en qualité d'aide-major, au 5ᵉ *fusiliers de Northumberland*. Ce corps était alors aux Indes, et, avant que j'aie pu le rejoindre, la seconde campagne contre l'Afghanistan était entamée.

En débarquant à Bombay, j'appris que mon régiment avait déjà traversé les défilés de la frontière et se trouvait au cœur même du pays ennemi. Je me joignis à plusieurs officiers dont la situation était analogue à la mienne, et nous parvînmes à atteindre sans encombre la ville de Candahar ; j'y retrouvai mon régiment et le jour même j'entrai dans mes nouvelles fonctions.

Des distinctions, des grades, tel fut pour un grand nombre le bilan de la campagne qui s'ouvrait alors ; pour moi je n'en recueillis que déboires et malheurs.

Une permutation d'office m'ayant fait passer aux Berkshires, ce fut avec ce corps que je pris part à la fatale bataille de Maiwand ; j'y fus blessé à l'épaule par un de ces petits boulets que lancent les tromblons Jezaïl. L'os de la clavicule était brisé, l'artère voisine froissée et j'allais tomber entre les mains des féroces Ghazis quand le dévouement et le courage de mon ordonnance Murray me sauvèrent la vie ; il réussit à me jeter en travers d'un cheval de bât et me ramena ainsi sain et sauf dans les lignes anglaises.

Brisé par la souffrance, affaibli par les fatigues et les privations de toutes sortes, je fis partie d'un long convoi de blessés et fus dirigé sur l'hôpital central de Peshawur. Là, mes forces commencèrent bientôt à renaître et j'allais déjà assez bien pour me promener à travers les salles et même pour m'étendre au soleil sous une véranda, lorsque je fus terrassé par la fièvre typhoïde, ce terrible fléau de nos possessions indiennes. Après avoir passé plusieurs mois entre la vie et la mort, j'entrai enfin en convalescence ; mais j'étais si amaigri et si faible qu'à la suite d'une consultation les médecins décidèrent de me renvoyer en Angleterre, sans perdre un instant. En conséquence, je pris passage à bord du transport l'*Orontes*, et un mois plus tard je débarquais à Portsmouth, avec, il est vrai, une santé à tout jamais ruinée, mais muni, en revanche, d'un congé octroyé par notre bon et paternel gouvernement pour me permettre de travailler pendant neuf mois consécutifs à récupérer mes forces disparues.

Sans feu ni lieu, libre comme l'air — ou plutôt aussi libre qu'on peut l'être lorsqu'on possède pour toute fortune 14 fr. 35 de rente par jour, — je n'eus naturellement qu'une idée, celle de gagner Londres, ce vaste réceptacle vers lequel converge, irrésistiblement entraînée par tous les déversoirs de l'Empire Britannique, la foule des gens qui n'ont dans la vie ni emploi fixe, ni but déterminé.

Je plantai d'abord mes pénates dans un petit hôtel du Strand et pendant quelque temps j'y menai une vie aussi désœuvrée que monotone ; tout en entamant notablement mes pauvres économies. Bientôt même l'état de mes finances devint si inquiétant qu'il me parut indispensable de choisir entre les deux partis suivants : ou quitter la capitale et chercher à la campagne quelque trou pour y végéter tristement, ou changer totalement mon genre d'existence. Ce fut à cette dernière alternative que je m'arrêtai ; pour commencer je résolus de quitter l'hôtel et de m'établir dans un domicile moins brillant comme apparence, mais plus économique.

Le jour même où j'avais pris cette décision, je me trouvais au Criterion bar lorsque je sentis quelqu'un me frapper sur l'épaule, et en me retournant, je reconnus le jeune Stamford que j'avais eu comme assistant à l'hôpital de Barts. La vue d'une figure de connaissance, pour tout homme qui se sent profondément isolé au milieu de l'infernal brouhaha de Londres, est certainement la chose du monde la plus réconfortante. Jamais cependant Stamford n'avait été pour moi ce qu'on appelle un véritable copain, mais à ce moment je fraternisai avec lui de la façon la plus enthousiaste, et lui-même de son côté sembla ravi de la rencontre. Dans l'exubérance de ma joie, je l'invitai à déjeuner chez Holborn et un instant après nous montions en fiacre pour nous y rendre.

Pendant que la voiture roulait dans les rues tumultueuses de Londres : « Quelle diable de vie avez-vous bien pu mener, Watson ? » me demanda mon compagnon en me dévisageant avec un étonnement non déguisé. « Vous êtes maigre comme un coucou et noir comme une taupe. »

En quelques mots, je le mis au courant de mes aventures et j'en avais à peine terminé le récit quand nous arrivâmes à la porte du restaurant.

« Pauvre garçon, me dit Stamford sur un ton de commisération, et maintenant où en êtes-vous ?

— Pour le moment je suis à la recherche d'un logement et par là même d'un problème, le problème consistant à dénicher pour un prix raisonnable un appartement suffisamment confortable.

— Étrange, murmura-t-il, vous êtes la seconde personne aujourd'hui qui me tienne identiquement le même langage.

— Et quelle est la première ?

— Un garçon qui vient à l'hôpital travailler dans le laboratoire de chimie. Il se plaignait ce matin devant moi de ne pouvoir trouver un ami pour partager avec lui un charmant appartement qu'il avait été visiter, mais dont le loyer dépassait ses moyens.

— Bon Dieu ! m'écriai-je, s'il désire vraiment trouver quelqu'un qui partage avec lui et l'appartement et le loyer, je suis son homme. Je préfère de beaucoup loger avec un camarade que vivre tout seul. »

Le jeune Stamford me regarda par-dessus son verre d'une façon singulière. « Vous ne connaissez pas encore Sherlock Holmes, me dit-il ; peut-être ne tiendrez-vous pas à l'avoir toujours pour compagnon.

— Pourquoi ? A-t-on quelque chose à lui reprocher ?

— Oh ! ce n'est pas ce que j'ai voulu dire. Seulement il est quelque peu original, un véritable fanatique par rapport à certains genres de sciences. Cependant par ce que j'en connais, il paraît être un très brave garçon.

— Un étudiant en médecine, sans doute ?

— Non, et même je n'ai aucune idée de ce qu'il a l'intention de faire. Il est, dit-on, très fort en anatomie et tout à fait de premier ordre en chimie ; mais jamais, que je sache, il n'a suivi régulièrement les cours de médecine. Il étudie d'une façon très décousue, excentrique même ; et, sans s'astreindre aux connaissances que tout le monde cherche à acquérir, il en a amassé une foule d'autres, de quoi certainement étonner tous ses professeurs.

— Ne lui avez-vous jamais demandé à quelle carrière il se destinait ?

— Non certes, car ce n'est pas un homme qu'on puisse faire causer facilement, quoiqu'à l'occasion, et si la fantaisie lui en prend, il sache être assez communicatif.

— Je serais bien aise de le rencontrer, dis-je. Si je dois habiter avec quelqu'un, je préférerais que ce fût avec un homme studieux et d'habitudes tranquilles. Je ne suis pas encore assez fort, voyez-vous, pour supporter beaucoup de bruit ou d'agitation, et d'ailleurs j'ai eu assez de tout cela en Afghanistan pour en être rassasié jusqu'à la fin de mes jours. Comment faire pour rencontrer votre ami ?

— Il est bien probablement au laboratoire, répliqua Stamford ; ou bien il n'y met pas les pieds pendant des semaines entières, ou bien il y travaille du matin jusqu'au soir. Si vous voulez, nous prendrons une voiture après déjeuner et nous irons jusque-là.

— Parfaitement », répondis-je, et là-dessus nous nous mîmes à parler d'autre chose.

En nous rendant à l'hôpital, Stamford me donna encore quelques détails sur mon futur compagnon.

« Il ne faut pas m'en vouloir, commença-t-il, si vous ne vous entendez pas avec l'individu en question ; je ne le connais guère que pour l'avoir rencontré de temps à autre au laboratoire. C'est vous qui avez eu l'idée de cet arrangement, ne m'en rendez donc pas responsable.

— Si nous ne nous entendons pas, repris-je, il sera facile de nous séparer. Cependant, Stamford, ajoutai-je, en le regardant fixement, il me semble, que vous ayez des raisons spéciales pour vous laver les mains de tout ce qui pourrait advenir. Y a-t-il vraiment quelque chose à craindre du caractère de cet homme ? Allons, parlez franchement et ne soyez pas aussi cachottier. »

Stamford se mit à rire, « C'est qu'il n'est pas facile d'exprimer ce qui est inexprimable, dit-il. Ce Holmes s'est, pour mon goût, un peu trop identifié avec la science elle-même, et je crois que cela doit amener fatalement à l'insensibilité la plus complète. Ainsi, je m'imagine qu'il serait parfaitement capable d'administrer à un ami une petite pincée de la substance toxique la plus récemment découverte, non par méchanceté, vous m'entendez bien, mais simplement, étant donné son esprit chercheur, pour se rendre exactement compte de la façon dont ce poison opère. Cependant, je dois dire pour être juste, et cela avec la conviction la plus entière, qu'il tenterait tout aussi bien l'expérience sur lui-même. Il semble avoir la rage d'approfondir ce qu'il étudie de façon à tout résumer dans des formules d'une exactitude mathématique.

— Et je trouve qu'il a bien raison.

— D'accord, mais on peut pousser cette qualité jusqu'à l'exagération ; ainsi quand on en arrive à prendre un bâton pour en battre les sujets anatomiques déposés sur la table de dissection, cela peut paraître au moins étrange.

— Que me racontez-vous là ?

— La pure vérité ; il a fait cela un jour ; c'était, paraît-il, pour se rendre compte des effets ainsi produits sur les cadavres, et cela je l'ai vu, de mes yeux vu.

— Cependant, vous dites que ce n'est pas un étudiant en médecine ?

— Non, — Dieu seul sait quel est le but de ses études…. Mais nous voici arrivés et vous allez pouvoir vous former vous-même une opinion à son sujet. »

Tout en parlant, nous tournions dans une petite ruelle et nous franchissions une porte bâtarde percée dans une aile du grand hôpital. C'était pour moi un terrain familier et je n'avais pas besoin de guide pour gravir les degrés de pierre du vaste escalier à l'aspect si glacial, et pour trouver mon chemin dans ces longs corridors, aux murs blanchis à la chaux, où s'ouvraient çà et là des portes peintes en brun foncé.

Vers l'extrémité du bâtiment s'embranchait un passage bas et voûté qui conduisait au laboratoire de chimie. Qu'on se figure une énorme pièce, fort élevée, tapissée du haut en bas d'innombrables flacons. Partout de larges tables, très basses, semées comme au hasard, et sur ces tables, au milieu des cornues et des éprouvettes, de petites lampes Bunsen, à la flamme bleuâtre, jetant des lueurs vacillantes.

Dans cette salle, et tout au fond, un seul étudiant, penché sur une table, complètement absorbé par son travail. Au bruit de nos pas, il leva vivement la tête, bondit vers nous en poussant un cri de triomphe et en agitant sous le nez de mon compagnon l'éprouvette qu'il tenait à la main. « Le voilà, le voilà, s'écria-t-il, il est trouvé le réactif qui arrive à précipiter l'hémoglobine, le seul, l'unique ! »

Vraiment il aurait découvert une mine d'or qu'il n'aurait pas pu manifester une joie plus exubérante.

« Docteur Watson, Monsieur Sherlock Holmes », prononça Stamford en nous présentant l'un à l'autre.

« Comment vous portez-vous ? » me dit aussitôt Holmes, avec rondeur et en me donnant une poignée de main dont l'énergie me révéla une force musculaire que je n'aurais pu soupçonner à première vue. « Ah ! ah ! je vois que vous revenez d'Afghanistan.

— Comment diable pouvez-vous le savoir ? demandai-je abasourdi.

— Peu importe, répliqua-t-il en se souriant à lui-même. L'hémoglobine et son réactif, voilà pour le moment la grande affaire. Je ne doute pas que vous ne saisissiez toute l'importance de ma découverte ?

— Évidemment, répondis-je, elle présente un certain intérêt au point de vue chimique, mais au point de vue pratique....

— Comment, monsieur, mais, sous le rapport médico-légal, c'est précisément la découverte la plus pratique qui ait été faite depuis des années. Ne voyez-vous pas que cela nous donne une méthode infaillible pour reconnaître les taches faites par le sang humain. Venez par ici — et, dans son empressement, il me saisit par la manche et m'entraîna vers la table où il venait de travailler. — D'abord procurons-nous du sang frais, dit-il ; — et, se donnant un léger coup de bistouri au milieu du doigt, il recueillit dans un petit tube une goutte de son sang. — Maintenant, je verse cette simple goutte dans un litre d'eau. Vous voyez que l'eau conserve absolument l'apparence qu'elle avait auparavant. La proportion de sang ne doit guère excéder un millionième, et cependant je ne doute pas que nous n'obtenions la réaction caractéristique. »

Tout en parlant, il jeta d'abord dans le récipient quelques cristaux blancs, puis y versa quelques gouttes d'un liquide transparent. En un instant, le tout prit une teinte acajou foncé et un précipité de couleur brunâtre se forma au fond du bocal.

« Ha ! ha ! » s'écria-t-il en battant des mains avec l'air transporté d'un enfant auquel on présente un joujou nouveau. « Qu'est-ce que vous en pensez ?

— Il me semble que voilà un réactif d'une rare sensibilité, remarquai-je.

— Merveilleux ! c'est merveilleux ! Autrefois, avec le gaïac, on n'obtenait que difficilement quelques résultats et encore bien incertains. Il en était de même lorsqu'on soumettait les globules de sang à l'analyse microscopique ; celle-ci perdait toute valeur pour peu que le sang fût vieux de quelques heures. Mon réactif, au contraire, se comporte aussi bien avec du sang vieux qu'avec du sang frais ; ah ! s'il avait été connu plus tôt, des centaines d'hommes qui se promènent tranquillement sur la surface du globe, auraient depuis longtemps subi le châtiment dû à leurs crimes.

— Vraiment, murmurai-je.

— Mais oui ; nous touchons là au point capital d'un grand nombre de causes judiciaires. Un homme n'est souvent soupçonné d'un crime que plusieurs mois après l'avoir commis ; on examine son linge ou ses vêtements, on y découvre des taches rougeâtres ; d'où proviennent-elles ? de sang, de boue, de rouille ou simplement du jus d'un fruit ? Voilà où plus d'un expert a perdu son latin, et pourquoi ? Parce qu'on ne possédait pas de réactif infaillible. Mais maintenant nous avons le réactif de Sherlock Holmes et l'incertitude ne sera plus possible. »

Pendant qu'il parlait, ses yeux étincelaient ; lorsqu'il eut fini, mettant la main sur son cœur, il s'inclina profondément, comme pour remercier une foule imaginaire de ses applaudissements.

« Recevez tous mes compliments, lui dis-je, confondu de cet enthousiasme extraordinaire.

— N'avons-nous pas eu l'année dernière encore le cas de von Rischoff de Francfort ? Il aurait certainement été pendu, si mon réactif avait existé. Et Mason de Bradford, et le célèbre Müller, et Lefèvre de Montpellier, et Samson de la Nouvelle-Orléans…. Je pourrais citer plus de vingt cas analogues.

— Mais vous êtes un répertoire vivant de tous les crimes, s'écria Stamford en riant ; publiez donc là-dessus un mémoire et intitulez-le : *Nouvelles annales* judiciaires du temps passé.

— Cela pourrait être bien intéressant », murmura Sherlock Holmes, tout en collant un petit morceau de taffetas à l'endroit où il s'était piqué le doigt, puis me montrant sa main avec un sourire : « Je suis obligé d'être prudent, dit-il, je manipule tant de poisons…. » Je vis alors que cette main était déjà couturée d'autres morceaux de taffetas et toute brûlée par de violents acides.

« Mais ce n'est pas tout cela, interrompit Stamford en s'asseyant sur un escabeau et en m'en poussant un autre avec son pied, nous sommes venus ici pour parler d'affaires sérieuses. Mon ami que voici cherche une installation, et, comme je vous ai entendu vous plaindre de ne pas trouver de camarade pour cohabiter avec vous, j'ai cru bien faire en vous réunissant. »

Sherlock Holmes parut ravi à l'idée de partager son logement avec moi : « J'ai un appartement en vue, me dit-il, il est situé Baker Street, et nous irait comme un gant.... Mais j'espère que vous ne craignez pas l'odeur d'un tabac très fort ?

— Je ne fume moi-même que du tabac de matelot, répondis-je.

— Bon, dit-il. Maintenant, je vous préviens que je suis toujours entouré d'ingrédients chimiques et que je me livre quelquefois à des expériences ; cela vous contrarierait-il ?

— En aucune façon.

— Voyons, laissez-moi chercher quels sont mes autres vices rédhibitoires…. Ah ! j'ai de temps en temps des humeurs noires qui durent plusieurs jours et pendant lesquelles je n'ouvre pas la bouche. Il ne faudra pas croire pour cela que je boude ; vous n'aurez qu'à me laisser tranquille et je reviendrai bien vite à mon état normal. Maintenant, à votre tour ; qu'avez-vous à confesser ? Voyez-vous, il vaut mieux que deux individus connaissent mutuellement tous leurs défauts avant de se mettre à vivre en commun. »

Cet interrogatoire contradictoire me fit sourire : « Je possède un petit chien bull, dis-je, puis mes nerfs ont été récemment si ébranlés que je ne puis supporter le bruit et le tapage ; enfin je me lève aux heures les plus invraisemblables et je suis affreusement paresseux. Je possède, il est vrai, un autre jeu de défauts quand je suis bien portant, mais, pour le quart d'heure, voilà quels sont chez moi les principaux.

— Par tapage, voulez-vous parler aussi du violon ? demanda Holmes avec inquiétude.

— Cela dépend de l'exécutant, répondis-je ; entendre bien jouer du violon, est un plaisir des dieux, mais si on en racle….

— Parfait alors, s'écria-t-il gaiement ; en ce cas l'affaire me semble conclue, à condition, bien entendu, que l'appartement vous plaise.

— Quand le visiterons-nous ?

— Venez me prendre ici demain à midi, nous irons le voir ensemble.

— Convenu, dis-je en lui serrant la main ; à demain, à midi précis. »

Nous le laissâmes, Stamford et moi, en train de continuer ses expériences chimiques et nous reprîmes ensemble le chemin de mon hôtel.

« À propos, fis-je tout à coup en m'arrêtant et en me retournant vers mon compagnon, comment diable a-t-il pu savoir que j'avais été en Afghanistan ? »

Stamford sourit d'un air énigmatique. « C'est précisément là une de ses bizarreries ; bien des gens se demandent comment il arrive à découvrir du premier coup les choses les mieux cachées.

— Oh ! du mystère alors, m'écriai-je, en me frottant les mains, cela devient palpitant. Je vous suis vraiment bien reconnaissant de m'avoir fait faire connaissance avec un pareil personnage. La véritable manière d'étudier l'humanité consiste, vous le savez, à étudier successivement les différentes individualités.

— Eh bien, étudiez celle-ci, répliqua Stamford en me disant adieu. Seulement je vous avertis que vous vous heurtez à un problème qui n'est pas facile à déchiffrer, et je parierais bien que le bonhomme en apprendra vite plus long sur vous que vous n'en saurez sur lui. Sur ce, bonsoir.

— Au revoir », répondis-je, et je continuai mon chemin tout en flânant, réellement intrigué par ma nouvelle connaissance.

CHAPITRE II
OU L'ON VOIT QUE LA DEDUCTION
PEUT DEVENIR UNE VRAIE SCIENCE

Le lendemain, après nous être retrouvés au rendez-vous convenu, nous nous rendîmes, Sherlock Holmes et moi, au numéro 221 de Baker Street, pour visiter le logement dont il avait été question. Il se composait de deux chambres à coucher très confortables et d'un grand salon bien aéré, élégamment meublé et éclairé par deux larges fenêtres. L'ensemble était si séduisant et le prix si modique — du moment où nous en payions chacun la moitié — que l'affaire fut conclue sur-le-champ. Comme nous pouvions entrer immédiatement en jouissance, je transportai le soir même toutes mes affaires dans notre nouvel appartement et le lendemain matin je vis arriver Sherlock Holmes avec un assez grand nombre de malles et de caisses. Pendant deux ou trois jours nous fûmes uniquement occupés à déballer tous nos bibelots et à les disposer de manière à les mettre le mieux possible en valeur. Ces arrangements préliminaires terminés, nous commençâmes à nous sentir installés et à nous familiariser avec notre nouveau domicile,

Holmes n'était certainement pas un homme difficile à vivre ; calme d'allures, régulier dans ses habitudes, il se couchait rarement après dix heures du soir et chaque matin, en me levant, je constatais invariablement qu'il avait déjà décampé après avoir pris son déjeuner. Parfois il passait la journée dans le laboratoire de chimie, parfois dans la salle de dissection, ou bien encore il faisait de longues promenades dont l'objectif semblait toujours être les quartiers les plus misérables de la ville. Rien ne peut donner une idée de son activité lorsqu'il était dans une période agissante ; mais, au bout de quelque temps, la réaction se produisait et pendant des jours entiers il restait depuis le matin jusqu'au soir étendu sur un canapé du salon, sans, pour ainsi dire, prononcer une parole ou remuer un membre. Dans ces moments-là, ses yeux prenaient une expression si rêveuse et si vague que je l'aurais certainement soupçonné de se livrer à l'usage d'un stupéfiant quelconque, si sa sobriété exemplaire et la moralité parfaite de sa vie n'eussent protesté contre une semblable supposition.

Les semaines se succédaient et je sentais ma curiosité devenir de jour en jour plus vive à l'endroit du but qu'il pouvait bien donner à son existence. Tout son extérieur, d'ailleurs, était fait pour impressionner à première vue l'individu le moins observateur. D'une taille élevée — il avait plus de cinq pieds et demi, — sa maigreur le faisait paraître bien plus grand encore. Ses yeux étaient vifs et perçants — excepté pendant ces périodes de torpeur dont j'ai parlé plus haut, — et son nez, mince et recourbé comme le bec d'un oiseau de proie, donnait à son visage une expression décidée, jointe à un air de pénétration remarquable. La forme carrée et proéminente de son menton contribuait aussi à dénoter chez lui une puissance de volonté peu commune. Ses mains étaient constamment couvertes de taches d'encre et de brûlures produites par les acides chimiques ; et cependant il avait une adresse extraordinaire dans les doigts, ainsi que j'ai pu m'en convaincre souvent en le voyant manier ses fragiles instruments de physique.

Quand bien même le lecteur devrait m'accuser d'avoir les instincts de curiosité d'une vieille portière, j'avouerai que cet homme, m'intriguait terriblement et que bien des fois j'ai essayé de percer le mystère dont il semblait vouloir s'entourer. Cependant avant de me juger trop sévèrement qu'on veuille bien se rappeler combien ma vie sans but était dépourvue de tout intérêt. Ma santé ne me permettait de sortir que par des temps exceptionnellement favorables et je ne possédais pas un ami à qui la pensée ait pu venir de passer quelques instants avec moi et de rompre ainsi la monotonie d'une existence qui me pesait tous les jours davantage. Aussi je saisis avidement cette occasion d'occuper la majeure partie de mon temps en cherchant à soulever les voiles mystérieux dont s'enveloppait mon compagnon.

Décidément il n'étudiait pas la médecine. Lui-même, en réponse à une question posée par moi, avait confirmé les dires de Stamford à ce sujet. Il ne semblait pas non plus subordonner ses lectures à une méthode quelconque lui permettant, soit de faire des progrès dans une science déterminée, soit de s'ouvrir un chemin particulier dans le domaine de l'érudition. Et cependant son zèle pour certaines études était vraiment remarquable ; ses connaissances, qui sortaient de toutes les limites convenues, étaient si vastes et si approfondies que plus d'une fois les remarques faites par lui m'ont causé une réelle stupéfaction. « Sûrement, pensais-je, pas un homme n'est capable de travailler autant et d'acquérir sur certains points une instruction aussi précise s'il ne se propose à lui-même un but bien défini. Car les gens qui lisent sans apporter à leurs lectures un véritable esprit de suite ne peuvent que bien rarement arriver à coordonner ce qu'ils ont appris. Personne enfin ne consentirait à se surcharger le cerveau d'une foule de connaissances secondaires sans avoir, pour agir ainsi, les raisons les plus fortes. »

À côté de tout cela son ignorance en certaines choses était aussi remarquable que son savoir. En fait de littérature contemporaine, aussi bien qu'en philosophie ou en politique, il était nul, ou à peu près. Je me souviens qu'ayant cité un jour Thomas Carlyle devant lui, il me demanda de la façon la plus naïve quel nom je venais de prononcer là et ce que ce personnage avait bien pu faire. Mais le jour où ma surprise fut portée à son comble, ce fut celui où je découvris, par hasard, qu'il était parfaitement ignorant de la théorie de Copernic et qu'il ne connaissait même pas l'explication du système solaire. Qu'il y eût en plein XIXe siècle, un être civilisé ne sachant pas que la terre tourne autour du soleil, cela me parut si extraordinaire que je ne pouvais y croire.

« Vous semblez étonné, me dit-il en souriant de mon air stupéfait. Mais soyez tranquille, maintenant que je le sais, je ferai tous mes efforts pour l'oublier.

— Pour l'oublier !

— Vous allez le comprendre. Dans le premier âge, le cerveau humain me représente un grenier vide, le devoir de chacun est de le meubler à son gré. S'agit-il d'un imbécile ? Il emmagasinera toutes les matières les plus encombrantes de telle façon que les connaissances qui lui seraient le plus utiles s'entasseront à la porte sans pouvoir entrer ; ou bien, en mettant tout au mieux, une fois entrées, elles se trouveront tellement enchevêtrées au milieu d'une foule d'autres qu'elles ne seront plus à la portée de sa main, lorsque l'occasion viendra pour lui de s'en servir. Tout au contraire, l'artisan industrieux apporte le plus grand soin à la manière dont il meuble son grenier. Il ne veut y loger que les instruments qui peuvent lui être utiles dans son travail ; seulement de ceux-ci a-t-il au moins un vaste assortiment toujours rangé dans l'ordre le plus parfait. C'est une erreur de penser que ce petit grenier ait des murs élastiques qui puissent se dilater à volonté. Croyez-le bien, il vient un temps où pour chaque chose nouvelle que vous apprenez, vous en oubliez une que vous saviez précédemment. Il est donc de toute importance de ne pas emmagasiner un bagage inutile qui vienne gêner celui qui doit réellement vous servir.

— Mais le système solaire…, commençai-je en manière de protestation.

— Que diable cela peut-il bien me faire ! interrompit-il avec impatience ; vous dites que la terre tourne autour du soleil ; qu'elle tourne autour de la lune si cela lui fait plaisir, mais, pour mon compte, je m'en moque, et mes travaux ne s'en ressentiront guère ! »

J'étais sur le point de lui demander en quoi pouvaient bien consister ses travaux, lorsque je compris en le regardant que ma question serait parfaitement intempestive. Cependant je me pris à méditer sur cette conversation et je cherchai à en tirer quelques conclusions. N'avait-il pas dit qu'il se refusait à acquérir toute connaissance qui ne serait pas en relation directe avec son but ? En conséquence, celles qu'il possédait ne pouvaient que lui être utiles. J'énumérai donc en moi-même les différents sujets sur lesquels il m'avait paru exceptionnellement ferré et je pris même un crayon pour en dresser une liste exacte.

Je ne pus m'empêcher de sourire en relisant le document que j'étais arrivé à rédiger ainsi.

Le voici :
Résumé du savoir de Sherlock Holmes.

1° En littérature. Connaissances nulles.

2° En philosophie. —

3° En astronomie. —

4° En politique. Connaissances très médiocres.

5° En botanique. Connaissances variables. Très ferré sur tout ce qui concerne la belladone, l'opium et les poisons en général, complètement ignorant en horticulture pratique.

6° En géologie. Connaissances renfermées dans certaines limites bien définies ; discerne à première vue les différents terrains les uns des autres : me montre après ses promenades les taches de boue de son pantalon et m'explique comment leur couleur et leur consistance lui permettent de reconnaître dans quelle partie de Londres chacune a été faite.

7° En chimie. Connaissance approfondie.

8° En anatomie. Connaissances très grandes, mais acquises sans aucune méthode.

9° En littérature sensationnelle. Érudition incroyable selon toute apparence pas une abomination n'a été perpétrée dans le courant du siècle, sans qu'il en ait connaissance.

10° Joue bien du violon.

11° Est très fort à la canne, à la boxe et à l'épée.

12° A une bonne connaissance pratique de la loi anglaise.

Mais à peine ce travail terminé, je le jetai au feu avec dépit. « Décidément, pensai-je, plutôt que de chercher où peut mener un tel amalgame de connaissances et quelle est la carrière dans laquelle elles peuvent être utiles, mieux vaut y renoncer tout de suite. »

J'ai mentionné tout à l'heure le talent d'Holmes comme violoniste. Certes il était très réel, très remarquable même ; mais cet original le manifestait d'une façon aussi excentrique que le reste. Qu'il fût capable d'exécuter des morceaux d'une difficulté reconnue, cela était hors de doute, puisqu'à ma requête il m'avait souvent joué des romances de Mendelssohn et d'autres mélodies célèbres. Cependant, lorsqu'il était livré à lui-même, il était bien rare de l'entendre, soit faire de la vraie musique, soit même chercher à se rappeler un air connu. En revanche, il s'étendait volontiers le soir dans son fauteuil et, posant son violon sur ses genoux, se mettait à en gratter les cordes, les yeux fermés. Parfois il obtenait ainsi une mélopée douce et mélancolique, parfois les notes se succédaient joyeuses et vibrantes dans un mode tout à fait fantastique. C'était pour lui une manière de répondre à ses pensées intimes ; mais cette musique avait-elle pour but de surexciter ses facultés intellectuelles, ou naissait-elle simplement d'un caprice momentané ? c'est-ce que je ne pouvais déterminer.

J'aurais été bien en droit de me révolter contre ces soli exaspérants, si, d'ordinaire, il n'avait terminé la séance en jouant toute une série de mes airs préférés, voulant sans doute par là me donner une légère compensation pour l'épreuve à laquelle ma patience avait été mise auparavant.

Pendant la première semaine, nous n'avions pas reçu une seule visite et j'avais fini par croire que mon compagnon se trouvait aussi dépourvu d'amis que je l'étais moi-même, quand, peu à peu, je m'aperçus qu'il avait au contraire un grand nombre de relations réparties dans les classes de la société les plus opposées. Je remarquai, entre autres, un petit chafouin, à l'œil noir et perçant, dont la tête blafarde avait une vague ressemblance avec celle d'un rat ; il vint trois ou quatre fois dans la même semaine et me fut présenté sous le nom de M. Lestrade. Puis, un matin, je vis apparaître une jeune fille, très élégante d'allures, qui resta environ une demi-heure à causer avec Holmes. Dans l'après-midi du même jour, ce fut le tour d'un bonhomme à cheveux gris, tout râpé, vrai type du brocanteur juif, qui paraissait en proie à une surexcitation extraordinaire. Presque aussitôt après, je vis entrer une vieille femme en savates. Un autre jour, ce fut un vieux monsieur à cheveux blancs et à l'air respectable, une autre fois encore un employé de chemin de fer reconnaissable à son uniforme de velours côtelé. Chaque fois qu'arrivait un de ces individus bizarres, Sherlock Holmes me demandait de lui abandonner le salon, et je me retirais alors dans ma chambre. D'ailleurs, il me faisait toujours force excuses pour le dérangement qu'il m'occasionnait ; « mais, disait-il, il faut bien que cette pièce me serve de cabinet d'affaires, et ces gens sont mes clients. » J'aurais pu profiter de cela pour l'interroger à brûle-point, si je n'avais éprouvé un certain scrupule à forcer ainsi ses confidences. J'en étais même arrivé à me figurer qu'il avait quelque bonne raison pour ne pas me mettre au courant de ses affaires, quand il prit soin de me détromper en abordant de lui-même le sujet qui m'intriguait tant.

Ce fut le 4 mars — j'ai des motifs sérieux pour me rappeler cette date d'une façon précise, — que m'étant levé un peu plus tôt que de coutume, je rejoignis Holmes dans le salon, avant qu'il eût fini son repas matinal. Notre propriétaire était déjà si bien au courant de mes habitudes que mon propre déjeuner n'était pas encore préparé. Avec cette impatience inhérente à la nature humaine, j'agitai la sonnette et donnai sèchement l'ordre de me servir. Puis avisant sur la table une revue, je me mis à la feuilleter, tandis que mon compagnon dévorait silencieusement ses tartines. Une marque au crayon faite à l'un des articles attira mon attention, et ce fut naturellement celui-là que je me mis à parcourir tout d'abord.

Son titre *Le livre de la vie* me parut quelque peu prétentieux. L'auteur cherchait à faire ressortir tout le profit qu'un homme vraiment observateur pouvait retirer des événements quotidiens en les passant soigneusement au crible d'un examen judicieux et méthodique. Ce qu'il disait à ce propos me parut un mélange extraordinaire de subtilité et de niaiserie ; quelque serré qu'en fût le raisonnement, les déductions étaient tellement tirées par les cheveux qu'elles semblaient tomber complètement dans le domaine de l'exagération. L'expression surprise un instant sur un visage, la contraction d'un muscle, le clignement d'un œil, suffisaient, prétendait l'auteur, à révéler les pensées les plus secrètes d'un individu. Quiconque possédait certaines habitudes d'observation et d'analyse ne pouvait s'y tromper et devait aboutir ainsi à des conclusions aussi mathématiques que celles d'Euclide dans ses célèbres théorèmes. Enfin les résultats obtenus ainsi devaient être si merveilleux qu'ils apparaissaient forcément, aux yeux des gens qui n'étaient pas au courant des procédés employés, comme des phénomènes émanant de la sorcellerie pure.

« Qu'on donne, disait l'auteur, une simple goutte d'eau à un homme vraiment pourvu d'un esprit logique et il sera capable d'en déduira l'existence de l'océan Atlantique ou de la cataracte du Niagara, sans avoir jamais eu auparavant la moindre idée de l'un et de l'autre. C'est ainsi que la vie de chaque homme n'est qu'une longue chaîne dont il suffit de connaître un seul anneau pour pouvoir reconstituer tous les autres. Il en est des facultés de déduction et d'analyse comme de toutes les sciences en général ; on ne peut les acquérir que par une étude patiente et approfondie, et jamais vie humaine ne sera assez longue pour permettre à un mortel d'atteindre, en ce genre, à la perfection suprême. Au point de vue moral comme au point de vue intellectuel, ce sujet est tellement complexe qu'il est préférable de ne s'attaquer d'abord qu'aux problèmes les plus simples. Lorsque nous rencontrons un homme, il faut qu'un coup d'œil suffise à nous révéler son histoire, son métier, sa profession. Cet exercice est nécessaire et, quelque puéril qu'il puisse paraître, il aiguise en nous toutes les facultés d'observation et nous apprend où et comment nous devons diriger nos regards. Examinez donc les ongles, les manches de l'habit, la chaussure, les déformations subies par le pantalon à l'endroit des genoux, les callosités du pouce et de l'index, l'expression du visage, les poignets de la chemise et vous aurez par là autant d'indices qui vous permettront de connaître à fond tout ce qui concerne l'individu que vous aurez ainsi détaillé. Ne semble-t-il pas impossible, qu'avec autant d'éléments réunis, tout homme tant soit peu intelligent n'arrive pas à un résultat aussi clair que certain ? »

« Quel galimatias impossible, m'écriai-je en jetant la revue sur la table ; je n'ai jamais lu idiotie pareille.

— Qu'est-ce qui vous prend donc ? demanda Sherlock Holmes.

— Mais c'est la faute de cet article, dis-je en le désignant avec ma cuillère, et tout en me préparant à attaquer mon déjeuner. Du reste vous avez dû le lire, puisque vous y avez fait une marque. Il est ingénieux, c'est indiscutable, mais il m'agace quand même terriblement. Je vois d'ici le théoricien oisif qui s'est amusé à développer tous ces charmants petits paradoxes, je le vois carré dans un bon fauteuil au fond de son cabinet de travail…. En somme qu'a-t-il dit de pratique dans tout cela ? Fourrez-le donc, ce monsieur si habile, au fond d'une voiture de troisième classe dans le chemin de fer souterrain et demandez-lui de vous énumérer les professions de ses compagnons de voyage ; je parierais mille contre un qu'il serait incapable de s'en tirer.

— Vous perdriez votre pari, repartit Holmes avec calme. Quant à l'article en question, c'est moi qui en suis l'auteur.

— Vous !

— Moi-même. Mes goûts naturels me portent vers tout ce qui est observation et déduction. Les théories que j'ai exposées là, et qui vous paraissent si chimériques, sont au contraire on ne peut plus pratiques, si pratiques même que c'est sur elles seules que je me repose pour gagner ma vie.

— Comment cela ? demandai-je involontairement.

— Mon Dieu, j'ai un métier tout spécial et je présume que je suis seul au monde à l'exercer : je suis un policier consultant, si je puis m'exprimer ainsi. Ici, à Londres, la police se compose d'une foule d'agents appartenant, soit au gouvernement, soit à des agences privées. Quand ces individus sont embarrassés, ils viennent me trouver et je leur débrouille leur affaire. Pour cela, ils m'exposent les faits avec toutes les circonstances qui s'y rattachent, et généralement, grâce à l'étude spéciale que j'ai faite des crimes, je me trouve à même de les remettre dans la bonne voie. Tous les crimes, en effet, ont entre eux un véritable air de famille, et, si vous en connaissez mille jusque dans leurs moindres détails, il est bien rare que vous n'arriviez pas à démêler tout ce qui concerne le mille et unième. Ce Lestrade que vous avez vu ici est un policier bien connu. Dernièrement il s'est mis le doigt dans l'œil jusqu'au coude, à propos d'un faux qui avait été commis, et c'est ce qui l'a amené chez moi.

— Et les autres personnes que vous recevez ?

— La plupart sont envoyées par des agences privées. Ce sont tous des gens qui se trouvent dans un embarras quelconque et qui demandent à ce qu'on les en sorte. J'écoute leurs petites histoires, ils écoutent mes commentaires et j'empoche mes honoraires.

— Ainsi, sans même quitter votre chambre, vous avez la prétention de voir clair là où d'autres qui ont pu étudier sur place les faits dans leurs moindres détails, ne peuvent s'y reconnaître ?

— C'est cela même. J'ai à mon service une espèce d'intuition naturelle. De temps en temps, il est vrai, il se présente un cas un peu plus compliqué. Je suis bien alors forcé de me remuer et d'examiner les choses par mes propres yeux. Vous avez pu remarquer que je possède un gros bagage de connaissances spéciales ; je les applique toutes à la solution de ces problèmes, et elles me servent d'une façon merveilleuse. La méthode de déduction, que j'ai exposée dans l'article qui vient d'exciter votre indignation, m'est d'un secours inappréciable lorsque j'ai à travailler par moi-même. L'observation, du reste, est devenue chez moi une seconde nature. Ainsi vous avez paru surpris, lors de notre première rencontre, quand je vous ai dit que vous arriviez d'Afghanistan ?

— On vous avait probablement renseigné là-dessus.

— Nullement. *J'avais vu* que vous veniez de là-bas. Grâce à une longue habitude, l'enchaînement de mes pensées se fait si rapidement dans mon cerveau que j'arrive à la conclusion sans même me rendre compte des anneaux qui composent cette chaîne ; ils existent cependant. Tenez, prenons pour exemple la manière dont j'ai procédé à votre égard. Voici, me suis-je dit, un monsieur qui a l'air tout à la fois d'un médecin et d'un militaire. C'est donc évidemment un médecin militaire ; Il arrive d'un pays des tropiques ; car sa figure est toute brunie, quoique ce ne soit pas la couleur naturelle de son teint puisque ses poignets sont restés très blancs. Il a enduré de grandes privations et a été très malade, comme sa mine le révèle trop clairement. De plus, il a reçu une blessure au bras gauche, puisque ce membre semble raide et tout gêné. Quel est, sous les tropiques, le pays où un médecin militaire anglais a pu se trouver en proie à de réelles souffrances et avoir été blessé au bras ? cela ne peut être que l'Afghanistan. Tout cet enchaînement de pensées ne m'a pas pris une seconde ; c'est alors que je vous ai dit que vous arriviez d'Afghanistan et vous avez semblé tout surpris.

— Grâce à vos explications, cela me paraît maintenant assez simple, dis-je en souriant. Vous me rappelez le Dupin d'Edgar Allan Poë. Mais je ne soupçonnais pas que de tels individus pussent exister en dehors des romans. »

Sherlock Holmes se leva et alluma sa pipe : « Vous croyez sans doute me faire un compliment en me comparant à Dupin, dit-il. Eh bien, à mon avis, Dupin n'était qu'un homme très ordinaire. Son seul truc consistait à pénétrer les pensées de ses interlocuteurs en les surprenant tout à coup, après un quart d'heure de silence, par une remarque faite avec à-propos ; mais c'est là une méthode vraiment très superficielle et contre laquelle il est trop facile de se mettre en garde. Il possédait évidemment certaines facultés d'analyse, mais de là à être le phénomène que Poë a voulu en faire, il y a loin !

— Avez-vous lu les œuvres de Gaboriau, demandai-je ; Lecoq personnifie-t-il pour vous le type du parfait policier ? »

Sherlock Holmes ricana d'une façon ironique : « Lecoq était un vulgaire brouillon, s'écria-t-il avec humeur. Il n'avait qu'une seule chose à son actif : son énergie. Non, voyez-vous, ce livre m'a positivement rendu malade. Il s'agissait, n'est-ce pas, de constater l'identité d'un prisonnier inconnu ? En vingt-quatre heures j'y serais arrivé ; Lecoq, lui, a eu besoin de six mois. Cet ouvrage devrait être mis entre les mains des agents comme un manuel destiné à leur montrer tout ce qu'ils ne doivent pas faire. »

Je fus choqué de voir ainsi démolir deux types que je me plaisais à admirer. Aussi, me levant, j'allai à la fenêtre et me mis à regarder dans la rue très animée à ce moment. « Ce garçon-là, pensai-je, peut être fort habile, mais en tout cas il est joliment plein de lui-même. »

« Hélas, l'entendis-je reprendre tristement, de nos jours, il n'y a plus de crimes, il n'y a plus de criminels. À quoi sert maintenant dans notre profession un cerveau puissamment organisé ? Je sens que j'ai en moi de quoi rendre mon nom à jamais célèbre ; il n'y a pas d'homme, il n'y en a jamais eu qui ait acquis autant de connaissances spéciales jointes à d'aussi précieuses dispositions naturelles, dans le seul but de faire la guerre au crime. À quoi bon tout cela ? Il n'y a plus de crime ou s'il y en a ce sont de petits crimes si maladroitement machinés que le dernier agent de Scotland Yard est capable de les percer à jour. »

Agacé d'une telle présomption, je cherchai à changer le sujet de la conversation. « Je me demande ce que cet individu peut bien vouloir ? » dis-je montrant du doigt un homme qui s'avançait lentement de l'autre côté de la rue en examinant attentivement les numéros de chaque maison. C'était un fort gaillard, aux épaules carrées et habillé d'une façon commune ; il tenait à la main une grande enveloppe bleue et était évidemment chargé d'une commission.

« Vous voulez parler de ce sous-officier de marine retraité ? » demanda Sherlock Holmes.

« Que le diable emporte l'animal avec sa vantardise, me dis-je en moi-même, il sait bien que je ne peux pas vérifier l'exactitude de ses suppositions. »

À peine avais-je eu le temps de formuler cette pensée que l'homme en question, apercevant le numéro inscrit sur notre porte, traversa rapidement la chaussée. Un violent coup de marteau se fit entendre, puis quelques mots prononcés par une voix de basse-taille, et des pas lourds résonnèrent dans l'escalier.

« Pour M. Sherlock Holmes », dit l'individu en entrant dans la pièce et en tendant à mon ami la lettre dont il était porteur.

C'était pour moi une excellente occasion de rabattre un peu le caquet de mon compagnon ; car il ne devait évidemment pas s'attendre un instant auparavant à ce que je fusse aussitôt à même de contrôler ses assertions.

« Dites-moi, l'ami, dis-je en prenant ma voix la plus aimable, puis-je vous demander quelle est votre profession ?

— Commissionnaire, répondit-il brusquement, mais mon uniforme est en réparation.

— Et auparavant, repris-je en regardant malicieusement Holmes du coin de l'œil, qu'étiez-vous donc ?

— Sergent dans l'infanterie légère de la marine royale. Il n'y a pas de réponse ? Bonsoir, messieurs. »

Il fit sonner ses talons l'un contre l'autre, porta la main à sa coiffure en guise de salut, et sortit.

CHAPITRE III
LE MYSTÈRE DU JARDIN LAURISTON

Je dois l'avouer, cette preuve inattendue de la justesse des théories émises par mon ami me fit une profonde impression, et la considération que j'avais déjà pour ses facultés d'analyse s'en accrut encore. Cependant, tout cela n'était-il pas arrangé d'avance dans le seul but de m'éblouir ? Je me le demandais tout en ne comprenant pas bien l'intérêt qu'il aurait pu avoir à m'abuser de la sorte.

Je me mis à l'examiner ; il avait terminé la lecture de la lettre et ses yeux venaient de prendre cette expression terne, absente, qui prouvait que ses pensées erraient au loin.

« Comment avez-vous fait pour deviner aussi juste ? lui demandai-je.

— Deviner quoi ? répondit-il brusquement.

— Mais que cet homme était un ex-sous-officier de la marine royale.

— Je n'ai pas de temps à perdre en niaiseries, grommela-t-il ; puis avec un sourire : Pardon de ma grossièreté ; c'est que vous avez interrompu le fil de mes pensées ; mais au fond cela vaut peut-être mieux. Alors vous n'aviez vraiment pas vu que cet homme avait été sous-officier dans la marine ?

— Non, certainement.

— Le deviner était cependant plus facile que d'expliquer comment j'ai été amené à cela. Si on vous demandait de faire la preuve que deux et deux font quatre, la feriez-vous facilement ? et cependant c'est un fait dont vous êtes absolument certain. Eh bien ! pour en revenir à l'individu en question, j'ai pu, d'un côté à l'autre de la rue, apercevoir une grande ancre bleue tatouée sur le dessus de sa main. Cela sentait la mer. De plus il avait une tournure militaire et ses favoris étaient taillés à l'ordonnance.

Voilà pour la marine. — Enfin il avait l'air assez convaincu de sa propre importance et paraissait posséder l'habitude du commandement. N'avez-vous pas en effet remarqué la manière dont il portait la tête et dont il frappait le sol avec sa canne ? Comme en outre il n'était plus jeune et avait une certaine apparence de « respectability », j'en ai conclu qu'il avait été sous-officier.

— Merveilleux ! m'écriai-je.

— Bien simple », reprit modestement Holmes, et cependant je vis à sa figure qu'il était assez satisfait de la façon spontanée dont j'avais exprimé mon admiration, « Je disais tout à l'heure, reprit-il, qu'il n'y avait plus de criminels, eh bien ! je m'étais trompé ; lisez ; ceci ! » et il me tendit la lettre que le commissionnaire venait d'apporter.

« Comment ? m'écriai-je après l'avoir parcourue d'un coup d'œil, mais c'est horrible !

— Oui, cela semble sortir un peu de la banalité ordinaire, remarqua-t-il avec calme. Voudriez-vous être assez aimable pour me relire cette lettre tout haut ? »

Voici ce qu'elle contenait :

« Cher Monsieur Sherlock Holmes,

« Il y a eu cette nuit du grabuge au n° 3 du Jardin Lauriston, près la route de Brixton. L'agent de faction dans ce quartier aperçut vers deux heures du matin une lumière qui semblait venir de cette maison ; comme elle est inoccupée, il trouva la chose anormale et se dirigea de ce côté. La porte était ouverte ; dans la première pièce, complètement démeublée, gisait le cadavre d'un homme bien mis et paraissant appartenir à une condition sociale élevée ; il avait dans sa poche des cartes de visite au nom d'Enoch J. Drebber, Cleveland Ohio, U.S.A. Le vol n'avait pas été le mobile du crime et jusqu'ici il est impossible de dire ce qui a pu déterminer la mort ! On remarque bien dans la chambre des taches de sang, mais le corps ne porte aucune trace de blessure. Comment cet homme a-t-il pu entrer dans cette maison inhabitée ? C'est là que commence le mystère ; et, pour tout dire, cette affaire n'est d'un bout à l'autre qu'une parfaite énigme.

« Si vous voulez vous rendre là-bas à une heure quelconque avant midi, vous m'y trouverez. J'ai laissé tout dans le *statu quo* jusqu'à ce que je sache ce que vous comptez faire. Dans le cas où il vous serait impossible de venir, je vous donnerai des détails plus circonstanciés, et je m'estimerais très heureux si vous vouliez être assez bon pour me faire connaître votre opinion. — Agréez, etc…
« TOBIAS GREGSON. »

« Gregson est le plus fin des limiers de Scotland Yard, remarqua mon ami ; Lestrade et lui, voilà les sujets d'élite de ce contingent si peu recommandable. Ils sont tous les deux ardents, pleins d'énergie, mais malheureusement ils sont trop, toujours trop, de parti pris. De plus, entre eux, ils sont à couteaux tirés, aussi jaloux l'un de l'autre que deux beautés à la mode pourraient l'être. Il y aura des scènes amusantes à propos de cette nouvelle affaire, s'ils s'en occupent ensemble. »

J'étais confondu du calme avec lequel Holmes s'exprimait. « Mais il n'y a pas un moment à perdre, m'écriai-je, voulez-vous que j'aille vous chercher un fiacre ?

— Je ne sais pas encore si je vais me déranger. Je suis le paresseux le plus indécrottable qui ait jamais existé, sinon d'une façon habituelle, au moins par accès ; quelquefois, en revanche, je sais être assez actif.

— Cependant, voici justement l'occasion que vous désiriez tant.

— Mais, mon cher ami, qu'est-ce que cela peut bien me faire ? Supposons que je débrouille l'affaire, vous pouvez être certain que Gregson, Lestrade et Cie en recueilleront tout le bénéfice. Voilà ce que c'est que d'être en dehors de toute situation officielle.

— Cependant, puisqu'on implore votre concours.

— Oui, Gregson sait bien que je suis plus malin que lui et avec moi il en convient facilement ; mais il se couperait la langue, plutôt que de le reconnaître devant une autre personne. En tout cas nous pouvons toujours aller voir ce qui en est ; je n'agirai d'ailleurs qu'à ma guise, et peut-être aurai-je, à défaut d'autre chose, l'occasion de rire de tous ces pantins. En route donc. »

En disant cela, il se hâtait d'enfiler son pardessus, et ne manifestait plus l'ombre de paresse. C'était la période d'activité qui commençait.

« Vite, prenez votre chapeau, me dit-il.

— Vous désirez que je vous accompagne ?

— Oui, si vous n'avez rien de mieux à faire. »

Une minute plus tard, installés dans un hansom, nous roulions à toute vitesse dans la direction de Brixton Road. La matinée était brumeuse, le ciel chargé de nuages, et un voile sombre, qui semblait refléter toute la boue des rues, flottait au-dessus des maisons. Holmes se montrait d'une humeur charmante et discourait sans s'arrêter, sur les violons de Crémone et sur les mérites comparés d'un Stradivarius et d'un Amati. Quant à moi, je gardais le silence ; car ce temps mélancolique, cette affaire sinistre dans laquelle nous nous trouvions engagés m'impressionnaient péniblement.

« Vous ne semblez pas réfléchir beaucoup à ce que vous allez faire, dis-je enfin, interrompant ainsi la dissertation musicale de mon compagnon.

— Je n'ai encore aucune donnée précise, répondit-il ; c'est une grave erreur que d'échafauder une théorie avant d'avoir rassemblé tous les matériaux nécessaires ; cela ne peut que fausser le jugement.

— Vous n'avez plus longtemps à attendre, remarquai-je, en regardant par la portière ; nous sommes arrivés à Brixton Road et voici, si je ne me trompe, la maison en question.

— Vous avez raison. Cocher, arrêtez ! » cria-t-il.

Nous étions encore à une centaine de mètres du but de notre excursion, mais il insista pour mettre pied à terre à cet endroit et pour faire le reste du trajet à pied.

La bâtisse qui portait le n° 3 du Jardin Lauriston avait une apparence impressionnante et sinistre ; elle faisait partie d'un groupe de quatre maisons construites un peu en retraite sur la rue ; les deux premières étaient habitées, les deux autres n'avaient pas de locataires. Ces dernières présentaient trois rangées de fenêtres béantes, à l'aspect lugubre et abandonné, et dont, çà et là, une vitre, portant un petit carton avec l'indication à louer, donnait l'impression d'un œil recouvert d'une taie blanche. Un petit jardin séparait chacune de ces maisons de la rue ; pour le moment, ces jardins, détrempés par la pluie qui n'avait pas cessé de tomber toute la nuit, n'étaient plus que des cloaques bourbeux. En temps ordinaire, on y distinguait une allée étroite dont l'argile jaunâtre perçait à travers des graviers trop rares ; çà et là, quelques plantes étiolées y poussaient péniblement. Comme clôture, un mur de brique haut d'un mètre à peine et surmonté d'une grille en bois.

Au moment de notre arrivée, un agent de police se tenait appuyé contre cette grille, et un groupe assez nombreux de badauds ou de vagabonds allongeaient le cou et écarquillaient les yeux dans le fallacieux espoir de saisir quelque chose du drame mystérieux qui s'était accompli derrière ces murs. Je m'imaginais que Sherlock Holmes ne perdrait pas une minute pour se précipiter dans la maison et attaquer de front l'énigme qu'elle renfermait ; mais à mon grand étonnement, tout différente fut sa manière de procéder. Avec un air de nonchalance parfaite, que, vu la circonstance, je ne pus m'empêcher de prendre pour de l'affectation, il se mit à flâner sur le trottoir, allant et venant à petits pas et portant ses regards distraits tantôt vers le sol, tantôt encore vers les maisons en face ou vers les grilles qui servaient de clôture. Ce singulier examen terminé, il s'engagea lentement dans l'allée en ayant soin de suivre la bordure de gazon, les yeux attentivement dirigés vers la terre. Deux fois il s'arrêta, et je le vis même esquisser un sourire, tandis qu'une exclamation de satisfaction s'échappait de ses lèvres. Sur le sol détrempé, on pouvait voir de nombreuses traces de pas ; mais, étant données toutes les allées et venues des gens de la police, je n'arrivais pas à comprendre ce qu'Holmes espérait reconnaître dans ces empreintes. Malgré cela, connaissant sa promptitude à percevoir les moindres détails, je sentais qu'il découvrait une foule de choses intéressantes là où, pour ma part, je ne déchiffrais rien. Au moment où nous arrivions à la porte de la maison, nous vîmes un homme grand, à la figure pâle, aux cheveux blonds filasse, qui tenait un calepin à la main, se hâter à notre rencontre. Il serra avec effusion la main de mon compagnon, disant : « C'est vraiment bien aimable à vous de venir, j'ai fait laisser toutes choses en l'état.

— Excepté ici, répondit mon ami en montrant du doigt l'allée ; si tout un troupeau de buffles avait passé par là, il n'aurait certes pas fait un plus grand gâchis. J'espère bien cependant, Gregson, que vous aviez fait auparavant toutes vos observations.

— J'ai eu tant à faire dans l'intérieur de la maison,... répliqua l'agent de police d'une manière évasive, mais mon collègue, M. Lestrade, est ici et c'est sur lui que je me suis reposé du soin d'examiner le jardin. »

Holmes me regarda en clignant de l'œil d'une manière sardonique. « Avec deux hommes tels que vous et Lestrade sur les lieux, dit-il, il ne restera pas grand travail pour moi. »

Gregson se frotta les mains d'un air de satisfaction. « Je crois en effet, répondit-il, que nous avons fait absolument tout ce qu'il y avait à faire ; toutefois c'est un cas fort curieux et, comme je connais votre goût pour ce qui est extraordinaire....

— Vous n'êtes pas venu ici en fiacre, n'est-ce pas ? interrompit Sherlock Holmes.

— Non, monsieur !

— Et Lestrade ?

— Lestrade non plus.

— Dans ce cas, allons examiner la chambre. »

Et sur cette remarque qui semblait incohérente, il entra dans la maison, suivi de Gregson, dont les traits exprimaient un ahurissement complet. Un petit passage dont le plancher était recouvert d'une épaisse couche de poussière menait à la cuisine et aux offices. Deux portes se trouvaient à droite et à gauche ; l'une d'elles n'avait évidemment pas été ouverte depuis longtemps ; l'autre donnait sur la salle à manger et c'était là que s'était déroulé le drame. Holmes y entra et je le suivis, dominé par ce sentiment pénible que nous ressentons toujours en présence de la mort.

C'était une vaste pièce carrée que l'absence de tout meuble faisait paraître plus grande encore. Un papier vernissé, fort ordinaire, tapissait les murs ; on y voyait de nombreuses taches d'humidité ; et, çà et là, des bandes entières à moitié détachées pendaient lamentablement, laissant à nu le plâtre pourri qu'elles auraient dû recouvrir. En face de la porte, sur le coin d'une cheminée prétentieuse en imitation de marbre blanc, on remarquait le reste d'une bougie de cire rouge à moitié consumée. Les vitres de l'unique fenêtre étaient si sales qu'elles semblaient ne laisser passer qu'à regret un jour douteux, ce qui répandait sur l'appartement tout entier une teinte grise et sombre que venait encore renforcer la couche épaisse de poussière dont chaque objet était recouvert. Tous ces détails ne me revinrent que plus tard à la mémoire ; sur le moment, mon attention se concentra tout entière sur l'horrible spectacle que présentait, étendu devant nous, un corps rigide, dont les yeux, encore grands ouverts, dirigeaient vers le plafond leur regard sans vie. La victime qui paraissait avoir de quarante-quatre à quarante-cinq ans, était de taille moyenne, large d'épaules, avec des cheveux noirs et crépus, et une barbe courte et clairsemée. Elle était vêtue d'une redingote, en drap épais, d'un gilet pareil et d'un pantalon de couleur claire ; le col et les manchettes de la chemise étaient d'une blancheur immaculée. Un chapeau haut de forme, tout neuf et brillant comme un miroir, gisait à terre. Les bras étaient étendus en croix et les mains crispées ; les membres inférieurs se tordaient comme si les dernières souffrances de l'agonie avaient été terribles. Je lisais sur cette figure immobile une expression d'horreur et de haine telle que je n'en avais jamais vue à aucun visage humain. Tout dans l'aspect de ce misérable, son front bas, son nez aplati, sa mâchoire proéminente, et surtout cette position étrange et ces membres contournés, tout contribuait à lui donner une ressemblance singulière avec un véritable gorille. J'ai vu la mort sous bien des formes, mais jamais sous une apparence plus effroyable que dans cette pièce sombre et lugubre, à deux pas d'une des principales artères de Londres suburbain.

Lestrade, avec cet air de furet qui lui était particulier, se tenait près de la porte et nous salua lorsque nous entrâmes.

« Cette affaire fera sensation, monsieur, remarqua-t-il. Ce n'est pas d'aujourd'hui que je suis dans le métier et cependant cela dépasse tout ce que j'ai déjà vu.

— Pas un seul indice ! dit Gregson.

— Pas un seul », renchérit Lestrade.

Sherlock Holmes s'approcha du cadavre, et s'agenouillant auprès de lui, l'examina avec la plus grande attention. — « Vous êtes sûrs qu'il ne porte aucune trace de blessure », demanda-t-il, montrant les nombreuses gouttes de sang et les éclaboussures rougeâtres qu'on remarquait tout autour.

« Absolument sûrs ! s'écrièrent les deux agents d'une seule voix.

« — Alors ce sang ne peut provenir que d'un autre individu et celui-là est bien probablement l'assassin, si toutefois il y a eu assassinat. Cela me rappelle tout à fait les circonstances qui entourèrent la mort de Van Jansen à Utrecht en 1834. Vous rappelez-vous ce cas, Gregson ?

— Non, monsieur.

— Vous feriez bien de le lire, je vous assure ; il n'y a rien de nouveau sous le soleil, tout ce qui arrivé est arrivé. »

Pendant qu'il parlait, ses doigts agiles se promenaient çà et là, tâtant, pressant, déboutonnant, inspectant tout ; mais ses yeux avaient repris cette expression vague dont j'ai parlé plus haut. Si rapide fut cet examen, que jamais on n'aurait pu croire qu'il fût en même temps aussi minutieux.

Ensuite Holmes se penchant sur les lèvres du mort se mit à aspirer, puis à renifler et enfin il termina son petit travail en inspectant les semelles des bottines qui sortaient de chez un bon faiseur.

« Ce cadavre n'a pas été remué ? demanda-t-il.

— Pas plus que cela n'a été indispensable pour notre enquête.

— Vous pouvez maintenant le faire porter à la morgue ; il n'a plus rien à nous apprendre. »

Gregson avait déjà fait venir quatre hommes avec un brancard ; à son appel ils entrèrent et emportèrent l'inconnu. Au moment où ils le soulevèrent, une bague tomba et roula sur le sol, Lestrade la saisit et la regarda avec des yeux surpris.

« Une femme est entrée ici, s'écria-t-il ; c'est un anneau de mariage », et il le tenait sur la paume de sa main. Nous l'entourâmes tous et examinâmes la bague ; on n'en pouvait douter, ce cercle d'or avait été un jour passé au doigt d'une jeune mariée.

« Voilà qui complique encore l'affaire, murmura Gregson ; Dieu sait pourtant qu'elle était déjà assez embrouillée comme cela.

— Êtes-vous sûr que cette circonstance ne la simplifie pas au contraire ? observa Holmes. Mais nous n'apprendrons rien de plus en restant à contempler cet anneau ; qu'avez-vous trouvé dans les poches ?

— Tout est là, dit Gregson, montrant une réunion d'objets posés sur l'une des marches de l'escalier : une montre en or n° 97,163 venant de chez Barraud de Londres ; une chaîne en or, dite « Albert », solide et très lourde ; une bague en or avec une devise maçonnique, une épingle en or représentant la tête d'un bull-dog dont les yeux sont formés par deux rubis ; un porte-cartes en cuir de Russie, contenant des cartes au nom d'Enoch J. Drebber, de Cleveland, ceci correspondant d'ailleurs aux initiales E. J. D. marquées sur le linge ; pas de porte-monnaie, mais de l'argent à même dans la poche, 7 livres 13 sh. (188 fr. 75) ; une édition de poche du *Décaméron*, de Boccace, portant sur la première page le nom de Joseph Stangerson ; deux lettres, l'une au nom de E. J. Drebber, l'autre à celui de Joseph Stangerson.

— Et quelle adresse portent ces lettres ?

— Banque américaine, Strand, poste restante. Elles sont toutes les deux de la Compagnie des paquebots Guion et se rapportent au départ de ses bateaux, de Liverpool. Il est clair que ce malheureux était sur le point de retourner à New-York.

— Avez vous fait une enquête sur ce Stangerson ?

— J'ai commencé par là, dit Gregson. J'ai fait insérer des annonces dans tous les journaux et j'ai dépêché un de mes hommes à la Banque américaine ; mais il n'est pas encore revenu.

— Avez-vous télégraphié à Cleveland ?

— Ce matin même.

— Comment avez-vous rédigé votre demande de renseignements ?

— Nous avons simplement fait connaître les circonstances qui les nécessitaient et déclaré que nous serions reconnaissants de toute information pouvant nous servir.

— Vous n'avez pas demandé de détails sur un point qui vous aurait paru particulièrement important ?

— J'ai demandé des renseignement sur Stangerson.

— Voilà tout ? Ne vous semble-t-il pas qu'il existe un pivot sur lequel toute l'affaire doit reposer ? Ne comptez-vous pas télégraphier de nouveau ?

— J'ai fait tout ce qu'il y avait à faire », repartit Gregson, d'un ton piqué.

Sherlock Holmes marmotta quelque chose entre ses dents ; il semblait sur le point d'adresser une remarque à Gregson, quand Lestrade, qui était resté dans la première pièce, pendant que nous avions été causer, dans

78

l'antichambre, reparut soudain en se frottant les mains d'un air de triomphe.

« Monsieur Gregson, dit-il, je viens de faire une découverte de la plus haute importance et qui aurait pu certainement échapper à tout le monde, si je n'avais pas eu l'idée de faire un examen minutieux de la muraille. »

Les yeux du petit bonhomme étincelaient et il ne pouvait cacher sa satisfaction d'avoir ainsi damé le pion à son collègue.

« Venez par ici », dit-il, en rentrant tout affairé dans la salle à manger.

Nous le suivîmes et l'air de cette pièce fatale me sembla moins difficile à respirer, du moment où ce mort, à l'aspect terrifiant, n'y était plus.

« À présent, regardez bien. »

Il enflamma une allumette sur la semelle de son soulier et l'éleva de façon à éclairer la muraille.

« Voyez », dit-il triomphant.

J'ai dit plus haut que le papier était décollé par places. Dans un coin en particulier une large bande s'était détachée découvrant ainsi le plâtre jauni de la cloison. À cet endroit, apparaissait, grossièrement écrit en lettres rouges ; ce seul mot :

RACHE

« Eh bien, messieurs, qu'en pensez-vous ? s'écria l'agent de police, en prenant l'intonation d'un barnum de foire faisant la parade. On n'avait pas aperçu cette inscription parce qu'elle se trouvait dans le coin le plus obscur de la chambre, que personne n'avait songé à inspecter. Mais l'assassin, homme ou femme, l'a tracée avec son propre sang. Voyez, le sang a coulé là, le long du mur. Voilà donc qui enlève toute idée de suicide. Maintenant pourquoi l'assassin a-t-il choisi de préférence cet endroit ? Je vais vous l'expliquer. Vous voyez cette bougie, placée sur la cheminée : elle était allumée au moment du crime, et cette partie de la pièce se trouvait ainsi la mieux éclairée, au lieu d'être, comme à présent, la plus sombre.

— Et maintenant que vous avez fait cette précieuse découverte, voulez-vous nous expliquer ce qu'elle prouve ? demanda Gregson d'un air ironique.

— Ce qu'elle prouve ? Tout simplement que quelqu'un allait écrire le nom de Rachel, lorsqu'il a été dérangé avant d'avoir pu achever le mot. Retenez bien ce que je vous dis : quand le mystère aura été éclairci, vous verrez qu'une femme du nom de Rachel s'y trouve mêlée. C'est fort joli d'en rire, monsieur Sherlock Holmes ; vous pouvez être très habile et très malin, mais c'est encore le vieux chien de chasse qui aura le dernier mot de tout cela.

— Je vous fais mes plus humbles excuses », dit mon compagnon, dont un éclat de rire intempestif avait provoqué chez le petit homme, cet accès de colère. « Vous avez le mérite incontestable d'avoir le premier découvert ce mot qui, comme vous le dites fort bien, n'a guère pu être écrit que par le second acteur du drame de la nuit dernière. Je n'ai pas encore eu le temps d'examiner cette pièce, mais, si vous le permettez, je vais m'y mettre maintenant. »

Tout en parlant, il avait retiré de sa poche un mètre en étoffe et une grande loupe ronde. Muni de ces deux instruments, il se mit à trotter sans bruit à travers la chambre, s'arrêtant ici, s'agenouillant là, se couchant même parfois à plat ventre. Cette occupation l'absorbait tellement qu'il semblait avoir complètement oublié notre présence ; on l'entendait marmotter à mi-voix, laissant échapper sans interruption des exclamations, des gémissements, des petits sifflements, ou des cris contenus d'encouragement et d'espoir. À le voir ainsi, il me rappelait singulièrement un bon chien d'équipage lorsque dans un balancé il court à droite et à gauche en donnant de temps à autre un coup de gueule d'impatience, jusqu'au moment où il peut empaumer de nouveau la voie.

Ces investigations durèrent plus de vingt minutes ; tantôt Holmes mesurait, avec une minutie extrême, la distance entre deux traces qui restaient totalement invisibles à mes yeux ; tantôt il appliquait son mètre contre le mur d'une manière tout aussi incompréhensible. À un moment donné, il recueillit soigneusement sur le plancher un peu de poussière grisâtre et la mit dans une enveloppe. Finalement il examina avec sa loupe le mot écrit sur le mur, suivant les contours de la lettre avec la plus scrupuleuse attention. Ceci fait, trouvant sans doute qu'il avait achevé sa tâche, il remit son mètre et sa loupe dans sa poche.

« On dit qu'un homme de talent est celui qui sait payer de sa personne sans compter, remarqua-t-il en souriant. Cela n'est guère juste, mais peut s'appliquer assez bien à la définition du bon policier. »

Gregson et Lestrade avaient observé les manœuvres de leur collègue amateur avec une curiosité non déguisée, mélangée d'un certain dédain. Ils ne voyaient évidemment pas ce dont je commençais à m'apercevoir : c'est que les moindres actions de Sherlock Holmes concordaient toutes vers un but pratique et parfaitement défini.

« Quelle est maintenant votre opinion, monsieur ? demandèrent-ils tous les deux à la fois.

— Je vous frustrerais du mérite de débrouiller cette énigme, si j'avais la prétention de vous venir en aide, observa mon ami. Vous vous tirez si bien de cette affaire qu'il serait dommage de voir quelqu'un d'autre s'en mêler. »

Ces paroles renfermaient tout un monde d'ironie, dans leur intonation gouailleuse.

« Si cependant vous avez la bonté de me mettre au courant de vos investigations, continua-t-il, je serai heureux de vous prêter mon concours dans la limite de mes moyens. En attendant, je voudrais bien parler à l'agent de police qui a découvert le cadavre. Pouvez-vous me donner son nom et son adresse ? »

Lestrade consulta son calepin. « C'est John Rance, dit-il. Il n'est plus de service en ce moment, monsieur. Vous le trouverez au n° 46 d'Audley Court Kennington Park Gate. »

Holmes nota l'adresse.

« Venez, docteur, dit-il, nous allons nous mettre à la recherche de cet homme. » Puis, se retournant vers les deux policiers : « Laissez-moi vous dire quelques mots dont vous pourrez faire votre profit. Nous sommes bien en présence d'un assassinat, et c'est un homme qui l'a commis. Cet homme mesure au moins 1 m. 80 et est dans la force de l'âge ; ses pieds sont petits pour sa taille ; il portait des chaussures communes et carrées du bout ; enfin il fumait un cigare de Trichinopoli. Il est venu ici avec sa victime, dans un fiacre à quatre roues, attelé d'un cheval dont trois des fers étaient usés, tandis que le quatrième, un de ceux de devant, était neuf. Je crois être sûr que le meurtrier est très rouge de figure. Enfin les ongles de sa main droite sont remarquablement longs. Ce ne sont là que quelques indications sommaires, mais elles peuvent vous être utiles. »

Lestrade et Gregson se regardèrent tous les deux avec un sourire d'incrédulité.

« Si cet homme a été assassiné, quelle est la cause de sa mort ? demanda le premier.

— Le poison, répliqua sèchement Sherlock, et il fit mine de s'en aller. Encore un mot, Lestrade, ajouta-t-il, en se retournant au moment de franchir le seuil de la porte, *Rache* est un mot allemand qui signifie vengeance ; ne perdez donc pas trop de temps à rechercher Mlle Rachel. »

C'est après avoir lancé cette flèche du Parthe qu'il sortit définitivement, tandis que les deux rivaux, restés bouche béante, le suivaient des yeux.

CHAPITRE IV
LES RENSEIGNEMENTS FOURNIS
PAR JOHN RANCE

Une heure sonnait au moment où nous quittions le n° 3 du Jardin Lauriston. Sherlock Holmes entra dans le bureau de télégraphe le plus rapproché, et il se mit à rédiger une longue dépêche. — Puis hélant un fiacre, il donna l'ordre au cocher de nous mener à l'adresse indiquée par Lestrade.

« Rien ne vaut les renseignements recueillis à la source même, remarqua-t-il ; par le fait, j'ai sur cette affaire une opinion parfaitement formée, mais nous ferons bien toutefois de ne rien négliger.

— Vous êtes étonnant, Holmes, lui dis-je ; espérez-vous me faire croire que vous avez pu constater d'une façon certaine tout ce que vous nous avez énuméré ?

— Il est impossible de s'y tromper, répondit-il. La première chose que j'ai observée en arrivant, a été une double trace laissée par les roues d'un fiacre, qui s'était rangé contre la grille ; or avant la journée d'hier, il n'avait pas plu depuis longtemps, les ornières très visibles et relativement profondes n'avaient pu être faites que pendant la nuit. J'ai remarqué aussi les empreintes formées par les fers du cheval ; l'une d'elles présentait des contours beaucoup plus nets que les trois autres ; elle avait donc été faite par un fer neuf. Vous le voyez, je savais qu'un fiacre s'était arrêté là après qu'il avait commencé à pleuvoir, mais je savais aussi d'après les affirmations de Gregson qu'on n'y avait pas vu de voiture pendant la matinée. J'en ai donc conclu que le fiacre était venu pendant la nuit, et que par conséquent il avait dû amener le meurtrier et sa victime.

— Cela semble assez logique, dis-je, mais comment avez-vous pu mesurer la taille de l'assassin ?

— Voici : neuf fois sur dix, la taille d'un homme peut être évaluée d'après la longueur de ses enjambées. C'est un calcul à faire, mais je ne veux pas vous ennuyer avec une kyrielle de chiffres. Qu'il vous suffise donc de savoir que j'ai relevé deux fois ses enjambées, d'abord sur le sol argileux de l'allée et ensuite sur le plancher poussiéreux de la chambre. Puis j'ai eu encore un autre moyen de vérifier mon calcul. Lorsqu'un homme écrit sur un mur, d'instinct il trace les caractères à la hauteur de son œil. Or l'inscription que nous avons relevée était à 1 m. 83 du sol. Vous voyez que ce n'était qu'un jeu d'enfant.

— Et son âge ? demandai-je.

— Si un homme peut faire sans effort une enjambée de 1 m. 20, c'est qu'il est loin d'être vieux et rabougri ; or, c'était exactement la largeur d'une flaque d'eau qu'il avait dû franchir dans l'allée du jardin. On voyait des traces de chaussures fines contourner cette flaque, tandis que des chaussures à bouts carrés l'avaient facilement enjambée. Il n'y a vraiment aucun mystère dans tout ceci. J'applique simplement aux faits ordinaires quelques-unes de ces règles d'observation et de déduction que j'ai recommandées dans mon article. Y a-t-il encore autre chose qui vous intrigue ?

— La longueur des ongles et le cigare de Trichinopoli ? insinuai-je.

— L'inscription sur le mur a été faite avec l'index trempé dans du sang. Ma loupe m'a permis de constater que le plâtre avait été légèrement éraillé, ce qui ne serait pas arrivé si l'ongle de l'homme avait été coupé court. Pour le cigare, j'ai ramassé par terre quelques pincées de cendre. Cette cendre était noire et compacte et telle que seul un cigare de Trichinopoli peut en produire de semblable. Il faut vous dire que j'ai fait l'étude spéciale des cendres de cigare, et j'ai même écrit là-dessus une petite brochure. Je me flatte d'être à même de distinguer à première vue le résidu laissé, soit par un cigare, soit par un tabac quelconque. C'est précisément dans les détails de cette nature que le policier habile diffère d'un Gregson et d'un Lestrade.

— Vous avez dit encore que cet homme devait avoir le teint très rouge ? demandai-je.

— Ah ! ceci est une assertion un peu plus hasardée ; et, cependant, je suis bien persuadé qu'elle est exacte. Mais ne m'interrogez pas là-dessus pour le moment. »

Je passai ma main sur mon front. « Tout se brouille dans ma tête, remarquai-je ; plus je réfléchis, plus tout cela me semble mystérieux. Comment les deux hommes, si toutefois il y en a eu deux, sont-ils arrivés dans cette maison inhabitée ? Qu'est devenu le cocher qui les a conduits ? Comment un homme peut-il en forcer un autre à s'empoisonner ? D'où provient le sang que nous ayons vu ? Quel était le mobile de l'assassin du moment où ce n'était pas le vol ? Comment cet anneau de femme s'est-il trouvé là ? Et par-dessus tout pourquoi l'assassin aurait-il écrit le mot allemand : *Rache* (vengeance), avant de déguerpir ? J'avoue qu'il m'est impossible de concilier tous ces faits. »

Mon compagnon sourit d'un air approbateur.

« Vous énumérez, d'une façon claire et très précise, les difficultés de la situation, dit-il ; il y a bien des petites choses qui restent encore inexpliquées, quoique j'aie mon opinion faite sur les points principaux. Quant à la découverte de ce pauvre Lestrade, c'est simplement une ruse pour lancer la police sur une fausse piste en lui faisant croire que le socialisme allemand et les sociétés secrètes se trouvent mêlés à l'affaire. Mais le mot *Rache* n'a pas été écrit par un Allemand. L'A, si vous l'avez remarqué, ressemble un peu à l'A de l'alphabet allemand ; or un vrai Allemand, lorsqu'il se sert comme ici de lettres majuscules, emploie toujours des caractères latins ; nous pouvons donc en conclure, d'une façon certaine, que cette inscription n'a pas été faite par un Allemand, mais simplement par un maladroit, qui a cherché à trop bien faire. C'était, je le répète, une ruse pour faire dévier l'enquête. Je ne vous en dirai pas plus long à ce sujet, docteur, car, vous le savez, un prestidigitateur perd tout son prestige, dès qu'il a dévoilé ses trucs ; et si je vous explique trop clairement ma manière de procéder, vous finirez par trouver que je ne suis, après tout, qu'un homme bien ordinaire.

— Je ne croirai jamais chose pareille, m'écriai-je, vous avez, dans la mesure du possible, élevé le métier de policier à la hauteur d'une science exacte. »

Ces paroles, et surtout la manière sincère dont je les avais prononcées, firent rougir de plaisir mon compagnon. J'avais déjà remarqué qu'il était aussi sensible aux flatteries qui visaient son talent, qu'une jolie femme peut l'être à celles qui s'adressent à sa beauté.

« J'ai encore autre chose à vous apprendre, dit-il. L'homme qui portait les chaussures fines et celui qui avait les souliers carrés du bout, sont venus dans le même fiacre ; pendant qu'ils marchaient dans l'allée ils étaient dans des termes aussi amicaux que possible, probablement même se donnaient-ils le bras. Une fois entrés dans la chambre, ils se mirent à marcher de long en large, ou plutôt, l'homme aux chaussures fines est resté en place, tandis que l'autre, celui aux bouts carrés, arpentait la pièce. J'ai lu tout cela dans la poussière du plancher et j'ai même vu que plus le dernier marchait, plus il devenait surexcité. Ceci m'a été démontré par la longueur de ses enjambées qui augmentait toujours davantage. Il parlait en même temps et sa colère arrivait sans doute à son paroxysme. Ce fut le moment où la tragédie se dénoua. Je vous ai maintenant dit tout ce que je sais moi-même, car le reste n'est que probabilité et conjecture. Dans tous les cas nous avons pour point de départ une excellente base ; seulement je tiens à me hâter, car je compte aller cet après-midi au concert de Hallé pour entendre Norman Neruda. »

Pendant cette conversation, notre fiacre avait traversé une longue succession de rues sales et de ruelles détournées. Au milieu de la plus obscure et de la plus triste, notre cocher s'arrêta brusquement. « Audley Court est là », dit-il, montrant avec son fouet un passage étroit qui s'ouvrait dans la longue ligne sombre formée par les murs de brique. « Vous me trouverez ici quand vous reviendrez. »

Audley Court ne présentait pas un aspect enchanteur. L'étroit passage franchi, nous débouchâmes dans une cour carrée, grossièrement dallée et entourée de taudis sordides. Nous nous frayâmes un chemin au milieu de groupes d'enfants peu débarbouillés et à travers des rangées de linge d'une couleur indéfinissable, jusqu'à une porte où on lisait au-dessus du n° 46 le nom de Rance, gravé sur une plaque de cuivre. À la question posée par nous, on répondit que l'agent de police était dans son lit et on nous fit entrer dans un petit salon, pour attendre sa venue. Il parut bientôt, visiblement mécontent d'avoir été interrompu dans son sommeil.

« J'ai fait mon rapport au bureau », dit-il.

Holmes tira de sa poche un demi-souverain avec lequel il se mit à jouer négligemment.

« Nous avions envie d'entendre le récit de l'affaire de votre propre bouche, dit-il.

— Je serais très heureux de vous dire ce que je sais là-dessus, répondit l'agent de police, sans quitter des yeux la petite pièce d'or.

— Racontez-nous donc à votre manière tout ce qui s'est passé. »

Rance s'assit sur un canapé de crin et, fronçant les sourcils sous l'effort qu'il faisait pour ne rien omettre dans sa narration, commença en ces termes :

« Je vais tout vous dire depuis A jusqu'à Z. Mon tour de service commence à dix heures pour finir à six heures du matin. À onze heures, il y eut une rixe au *Cœur d'Argent*, mais à part cela tout était assez tranquille dans mon secteur.

« À une heure, la pluie a commencé à tomber ; je rencontrai alors Harry Murcher, le camarade du quartier de Hollande, et nous restâmes quelque temps à causer ensemble au coin de la rue Henriette. Tout à coup — il pouvait bien être deux heures ou deux heures quelques minutes — j'ai pensé que je ferais bien de faire un tour du côté de Brixton Road pour voir s'il n'y avait rien de nouveau par là. Ce coin était terriblement sale et désert ; je n'ai pas rencontré une âme tout le long du chemin, quoique un fiacre ou deux m'aient dépassé. Je marchais doucement en pensant combien un quart de gin chaud me ferait du bien, quand soudain j'aperçus une lueur à la fenêtre de la maison en question. Or, je savais que ces deux maisons du Jardin Lauriston étaient inhabitées par la raison que le propriétaire se refusait à réparer les conduits, quoique le dernier locataire y fût mort d'une fièvre typhoïde. Je restai donc interloqué en voyant cette fenêtre ainsi éclairée, et je soupçonnai tout de suite qu'il se passait là quelque chose d'anormal.

Quand j'arrivai à la porte….

— Vous vous êtes arrêté, puis vous êtes revenu jusqu'à la grille, interrompit mon compagnon, pourquoi cela ? »

Rance sursauta et regarda Sherlock Holmes avec l'expression de l'ahurissement le plus complet.

« Mais c'est que c'est exactement ce qui s'est passé, monsieur ; pourtant, il n'y a que le diable qui ait pu vous le dire. Voyez-vous, quand je suis arrivé à la porte, devant cette bâtisse si silencieuse et si abandonnée, je pensai que je ne m'en trouverais pas plus mal si je m'adjoignais un camarade. Vous savez, je n'ai certainement peur de rien de la part des hommes, cependant je réfléchis que cela pouvait bien être le bonhomme mort de la fièvre typhoïde qui revenait inspecter ces maudits conduits. Cette idée-là me fit passer un tel frisson par tout le corps que je retournai à la grille pour voir si je n'apercevrais pas la lanterne de Murcher. Mais il n'y avait pas une âme en vue.

— Personne dans la rue ?

— Pas un être humain, monsieur, pas même un chien. Alors je pris un peu sur moi, je revins sur mes pas et j'ouvris la porte. À l'intérieur tout était tranquille ; je pénétrai dans la pièce où la lumière brillait, il y avait une bougie allumée sur la cheminée, une bougie en cire rouge, et alors je vis….

— Oui, je sais ce que vous avez vu. Vous avez fait plusieurs fois le tour de la chambre, vous vous êtes agenouillé près du cadavre, puis vous avez traversé cette pièce et vous avez essayé d'ouvrir la porte de la cuisine ; et ensuite…. »

John Rance se leva d'un bond ; et d'un air effrayé et soupçonneux tout à la fois :

« Où étiez-vous caché pour voir tout cela ? s'écria-t-il. M'est avis que vous en savez plus que de raison. »

Holmes éclata de rire et jeta sa carte sur la table.

« N'allez pas m'arrêter pour ce crime, dit-il. Je suis un chien de meute et non pas l'animal de chasse ; M. Gregson ou M. Lestrade pourront vous le dire. Mais continuez donc, qu'avez-vous fait après cela ? »

Rance se rassit, non sans conserver un air inquiet.

« J'allai à la grille et je donnai un coup de sifflet : Murcher et deux autres agents accoururent à ce signal.

— La rue était-elle déserte à ce moment ?

— Mon Dieu oui, elle l'était ou du moins à peu près.

— Que voulez-vous dire ? »

L'agent de police esquissa une grimace.

« J'ai vu bien des ivrognes dans ma vie, dit-il, mais jamais, au grand jamais, un ivrogne plus complètement ivre que le voyou qui était là au moment où je suis sorti. Il se tenait cramponné aux barreaux de la grille et chantait à tue-tête le refrain de Colombine et sa bannière ou quelque scie du même genre. Il ne pouvait pas se tenir debout, encore bien moins nous être d'un secours quelconque.

— Comment était cet homme ? » demanda Sherlock Holmes.

John Rance sembla agacé de l'insistance que mettait mon ami à le questionner sur un point aussi étranger à l'affaire.

« Eh bien ! c'était un homme outrageusement ivre. Bien sûr il se serait réveillé ce matin au poste, si nous n'avions pas eu d'autres occupations plus sérieuses.

— Et sa figure, ses vêtements, ne les avez-vous pas observés ? reprit Holmes, avec impatience.

— Je crois bien que je les ai observés puisque nous avons dû le soutenir, Murcher et moi, un de chaque côté. C'est un grand diable, à la figure rouge, avec…

— Cela suffit, interrompit Holmes ; qu'est-ce qu'il est devenu ?

— Nous avions trop à faire pour nous occuper de lui, répondit l'agent de police d'un air grognon ; je parierais bien qu'il a retrouvé tout de même le chemin de sa maison.

— Comment était-il vêtu ?

— D'un pardessus brun,

— Avait-il un fouet à la main ?

— Un fouet, non.

— Alors il a dû le laisser dans la voiture, murmura mon compagnon. Vous n'avez pas, par hasard, vu ou entendu un fiacre un moment après ?

— Non.

— Voici pour vous », dit mon compagnon, en lui remettant le demi-souverain ; puis il se leva et prit son chapeau. « J'ai peur, Rance, que vous n'arriviez jamais à monter bien haut en grade ; il ne faut pas considérer votre tête comme un simple ornement physique, il faut surtout en faire un instrument utile. Vous auriez pu, hier soir, gagner vos galons de brigadier. L'homme que vous avez eu entre les mains est justement celui qui possède la clef de ce mystère ; en un mot c'est l'homme même que nous recherchons. Inutile de discuter là-dessus, je vous dis que c'est comme cela. Venez, docteur. »

Nous retournâmes vers notre voiture, laissant l'agent évidemment inquiet quoique encore incrédule.

« Le quadruple idiot ! » laissa échapper Holmes amèrement, tandis que nous roulions dans la direction de notre logis. « Penser qu'il a eu une aubaine pareille entre les mains et qu'il n'a pas su en profiter !

— Je ne vois pas encore clair dans tout cela, dis-je. Il est bien sûr que la description de cet homme répond à celle que vous nous avez donnée du second acteur du drame ; mais pourquoi serait-il revenu sur le lieu du crime ? Ce n'est pas ainsi qu'agissent les criminels.

— Et la bague ? mon ami, la bague ; voilà pourquoi il est revenu. Si nous n'avons pas d'autre moyen de le happer, nous pouvons toujours nous servir de cette bague pour amorcer notre ligne. Mais je l'aurai, docteur ; je vous parie deux contre un que je l'aurai. C'est bien à vous que j'en serai redevable, car sans vous, je ne me serais probablement pas dérangé, et j'aurais manqué ainsi l'étude la plus intéressante que j'aie encore rencontrée, une étude de rouge, hein, comme dirait un peintre…. De quel beau rouge n'est-il pas, en effet, ce fil teint par le sang d'un crime et qui se perd au milieu de l'écheveau emmêlé des existences humaines ! C'est à nous de le dévider, à nous de l'isoler, de l'étudier brin par brin. Pour le moment rentrons déjeuner, puis j'irai entendre Norman Neruda ; sa manière d'attaquer la note et son coup d'archet sont vraiment parfaits. Quelle est donc cette petite machine de Chopin qu'elle joue si bien : Tra-la-la-lira-lira-lari…. ? »

Et, renversé au fond de la voiture, ce limier amateur chantait comme un oiseau, pendant que je méditais sur les contrastes si divers qu'offre l'esprit humain.

CHAPITRE V
L'ANNONCE AMÈNE UN VISITEUR

Les émotions de cette matinée avaient été trop fortes pour ma santé, encore chancelante, et dans la journée je me sentis horriblement fatigué. Après le départ de Holmes pour le concert, je m'étendis sur le canapé, espérant pouvoir dormir une heure ou deux. Ce fut en vain. J'avais été trop surexcité par tout ce qui s'était passé, et les idées les plus fantastiques, les suppositions les plus étranges tourbillonnaient dans mon cerveau. Chaque fois que je fermais les yeux, je revoyais ce cadavre avec sa tête de gorille, ses membres tordus. Si pénible était l'impression produite ainsi sur moi, que j'arrivais à en savoir bon gré à l'assassin ; car certainement, si jamais mortel a porté inscrits sur son visage tous les stigmates du vice dans ce qu'il a de plus repoussant, c'était bien le sieur Enoch J. Drebber, de Cleveland. Cependant, j'étais bien forcé de le reconnaître : quelque peu intéressante que fût la victime, la justice devait suivre son cours et la loi ne pouvait trouver de circonstance atténuante pour un si grand crime.

Plus j'y réfléchissais, plus je m'étonnais de l'assurance avec laquelle mon compagnon affirmait que cet homme avait été empoisonné ; je me rappelais bien qu'Holmes s'était penché sur les lèvres du cadavre pour les renifler, et j'étais persuadé qu'il avait alors découvert quelque indice le mettant sur la voie. De plus, si ce n'était pas le poison, quelle autre cause aurait pu occasionner sa mort, puisque le corps ne présentait ni trace de blessure, ni marque de strangulation ? Et cependant d'où provenait ce sang dont on voyait par terre une couche si épaisse ? Il n'y avait aucun signe de lutte, pas d'apparence que la victime ait eu entre les mains une arme pour se défendre. Tout cela restait mystérieux et je sentais bien que tant que ces questions ne seraient pas résolues d'une manière satisfaisante, ni Holmes, ni moi ne pourrions dormir en paix. Pour sa part, mon ami semblait si tranquille et si sûr de son fait qu'il avait déjà dû, j'en étais persuadé, se formuler une théorie expliquant tous les faits ; mais quelle était cette théorie ? Voilà ce qu'il m'était impossible de deviner.

Holmes rentra très tard, si tard même qu'il devint évident pour moi que ce n'était pas le concert seul qui l'avait retenu si longtemps. Le dîner était déjà servi lorsqu'il revint.

« C'était splendide, dit-il, en s'asseyant. Vous rappelez-vous ce que Darwin dit de la musique ? Il prétend que l'homme savait faire naître des sons harmonieux et en jouir réellement bien avant d'avoir pu parler. Peut-être est-ce à cause de cela que la musique nous impressionne d'une manière si pénétrante. Nous portons en nous des réminiscences vagues de cet âge perdu dans la brume du passé, de cette époque où le monde était encore dans son enfance.

— C'est une conception un peu vaste, remarquai-je.

— Les conceptions doivent être aussi vastes que la nature, lorsqu'elles sont appelées à l'interpréter, répondit-il ; mais qu'avez-vous donc ? vous ne semblez pas être dans votre assiette ? Est-ce que l'affaire de Brixton Road vous aurait bouleversé à ce point ?

— Oui, je dois l'avouer ; je devrais cependant être plus endurci après toutes mes aventures d'Afghanistan. J'ai vu à Maiwand mes pauvres camarades hachés en morceaux et ce terrible spectacle ne m'a cependant pas fait perdre un instant mon sang-froid.

— Je vous comprends très bien. Il y a dans le cas présent un mystère qui parle haut à votre imagination. Or, là où l'imagination ne travaille pas, l'horreur n'existe pas. Avez-vous lu les journaux de ce soir ?

— Non.

— Ils donnent un compte rendu assez exact de l'affaire, et ils ne mentionnent pas la découverte de la bague de femme qui est tombée par terre quand on a soulevé le cadavre. Il vaut mieux qu'il en soit ainsi.

— Pourquoi ?

— Lisez cette annonce, répondit-il. Dès notre retour ce matin j'ai envoyé la pareille à chacun des journaux de Londres. »

Il me tendit le journal et je regardai à l'endroit indiqué. C'était la première annonce de la colonne réservée aux objets perdus ; elle était rédigée en ces termes : « Il a été trouvé ce matin dans Brixton Road, à moitié chemin entre la taverne du Cœur d'Argent et Holland Grove, un anneau de mariage en or uni. – S'adresser à M. le docteur Watson, 221 *bis*, Baker Street, entre huit et neuf heures du soir. »

« Pardonnez-moi de m'être servi de votre nom, dit-il. Si j'avais mis le mien, quelques-uns de ces idiots l'auraient remarqué et auraient voulu se mêler de la chose. »

— Vous avez eu raison, répondis-je, mais supposez que ce quelqu'un se présente, je n'ai pas de bague.

— Si fait, reprit-il en m'en tendant une. Voici qui fera très bien l'affaire ; c'est presque un *fac-simile*.

— Et, d'après vous, qui va répondre à cette annonce ?

— Mais l'homme au pardessus brun, notre ami à la figure rouge et aux souliers à bouts carrés. Ou s'il ne vient pas lui-même il enverra en tout cas un complice.

— Ne trouvera-t-il pas cette démarche bien dangereuse ?

— Nullement, si mes suppositions sont exactes, et j'ai tout lieu de croire qu'elles le sont, cet homme serait prêt à braver tous les périls, plutôt que de perdre cette bague. Selon moi, il a dû la laisser tomber en se penchant sur le cadavre de Drebber, et au moment même il n'y a pas fait attention. Ce n'est qu'après son départ qu'il s'en est aperçu, et il s'est hâté de revenir ; mais la police était déjà en train d'instrumenter par suite de la faute qu'il avait commise en laissant la bougie allumée. Pour détourner les soupçons que sa présence pouvait faire naître, il a été obligé de simuler l'ivresse. Maintenant, mettez-vous un instant à sa place : en y réfléchissant, il a dû supposer qu'il avait bien pu perdre cette bague dans la rue après être sorti de la maison. Que fera-t-il donc ? Il lira attentivement les journaux du soir à l'article : Objets trouvés. Naturellement notre annonce lui sautera aux yeux et il en sera transporté de joie. Pourquoi soupçonnerait-il un piège ? Il n'a aucune raison de croire que la découverte de la bague puisse se rattacher au crime. Donc il doit venir, il viendra. Vous le verrez apparaître avant une heure d'ici.

— Et alors ? demandai-je.

— Oh ! alors, laissez-moi faire. Avez-vous des armes ?

— J'ai mon ancien revolver d'ordonnance et quelques cartouches.

— Vous feriez bien de le mettre en état et de le charger ; nous allons avoir à faire à un homme qui luttera en désespéré ; et bien que je compte le surprendre sans qu'il s'y attende, il vaut mieux être préparé à toutes les éventualités. »

J'allai dans ma chambre mettre son conseil en pratique. Lorsque je revins avec mon revolver, la table était desservie et Holmes s'était plongé dans son passe-temps favori : il grattait les cordes de son violon.

« L'action se resserre, dit-il en me voyant entrer. Je viens de recevoir la réponse au télégramme que j'ai envoyé en Amérique. Toutes mes prévisions se réalisent.

— Et lesquelles ? demandai-je vivement.

— Mon violon a besoin de cordes neuves, remarqua-t-il tout simplement. Mettez votre revolver dans votre poche. Quand l'individu sera là, parlez-lui de la façon la plus naturelle et fiez-vous à moi pour le reste. Surtout ne l'effrayez pas en le regardant trop fixement.

— Il est maintenant huit heures, dis-je en regardant ma montre.

— Oui, il sera probablement ici dans quelques minutes. Entrebâillez la porte…. Comme cela, bien…. Maintenant mettez la clef à l'intérieur…. Merci. Voici un vieux bouquin très curieux que j'ai pêché hier à un étalage : *De Jure inter gentes*, publié en latin à Liège, Pays-Bas, en l'an 1642. La tête de Charles Ier était encore solide sur ses épaules à l'époque où ce petit volume à la reliure brunâtre fut imprimé.

— Quel en est l'éditeur ?

— Un certain Philippe de Croy. Sur la première page on voit écrit avec une encre jaunie « Ex libris Gulielmi Whyte » ; je me demande qui pouvait être ce Guillaume Whyte ? Quelque magistrat zélé du XVIIe siècle, sans doute ; son écriture sent l'homme de loi…. Mais, si je ne me trompe, voici notre homme. »

Au moment où il prononçait ces paroles, la sonnette venait de tinter violemment ; Sherlock Holmes se leva doucement, et tourna sa chaise dans la direction de la porte. Nous entendîmes la servante passer dans l'antichambre, puis tirer le verrou.

« Est-ce ici que demeure le docteur Watson ? » demanda une voix claire, bien qu'un peu rude.

La réponse de la servante ne parvint pas jusqu'à nous, mais la porte se referma et quelqu'un monta l'escalier. Le pas était incertain et hésitant. Une expression de surprise se manifesta sur les traits de mon compagnon en écoutant ce bruit. Le son se rapprocha doucement, on frappa un coup timide à la porte.

« Entrez », criai-je.

À cette invitation, au lieu de l'homme à l'aspect brutal sur lequel nous comptions, nous vîmes une femme très vieille et toute ridée qui entra en boitant et trébuchant. Elle parut éblouie en se retrouvant subitement en pleine lumière et, après avoir esquissé une révérence, elle resta là, à clignoter de ses yeux chassieux, tout en farfouillant dans sa poche d'une façon nerveuse. Je jetai un coup d'œil à mon compagnon et je lus sur son visage une telle expression de désappointement, que j'eus toutes les peines du monde à garder mon sérieux.

La vieille sorcière tira enfin un journal du soir et nous montra l'annonce. « Voilà ce qui m'amène, mes bons messieurs., dit-elle, faisant une autre révérence : un anneau de mariage en or, trouvé dans

117

Brixton Road. Ce doit être celui de ma fille Sally, qui s'est mariée il y a juste un an et dont le mari est maître d'hôtel à bord d'un bateau de l'Union. Je n'ose pas penser à ce qu'il ferait si, à son retour, il trouvait ma pauvre fille sans sa bague, parce que, voyez-vous, il a d'habitude la main assez leste ; mais ce n'est rien auprès de ce qu'il est quand il a bu ! Ne vous en déplaise, Sally est allée hier au soir au cirque avec...

— Est-ce sa bague ? demandai-je.

— Dieu soit loué ! s'écria la vieille femme ; comme Sally sera heureuse ce soir ! C'est bien la bague.

— Voulez-vous me donner votre adresse ? demandai-je en prenant un crayon.

— 13, Duncan Street, Houndsditch, bien loin d'ici, comme vous voyez.

— Il ne me semble pas que Brixton Road se trouve sur le chemin du cirque à Houndsditch ? » observa Sherlock Holmes sèchement.

La vieille femme se retourna et, sous ses paupières rougies, lui jeta un regard perçant.

« Le monsieur m'a demandé mon adresse ! dit-elle. Sally, elle, demeure au n°3, Mayfield Place, Peckham.

— Votre nom ? dis-je.

— Mon nom est Sawyer ; celui de Sally, Dennis. Elle est la femme de Tom Dennis, un beau garçon, bien tourné ; tant qu'il est en mer il n'a pas son pareil et il n'y a pas de maître d'hôtel qui soit plus apprécié que lui dans la Compagnie, mais à terre, entre les femmes et les marchands de vin….

— Voici votre bague, mistress Sawyer, lui dis-je en l'interrompant sur un signe de mon compagnon ; elle appartient bien évidemment à votre fille, et je suis heureux de pouvoir la restituer à son légitime propriétaire. »

La vieille mégère la mit dans sa poche en marmottant entre ses dents un tas de bénédictions et de protestations de reconnaissance. Puis nous l'entendîmes descendre l'escalier de son pas mal assuré. À peine avait-elle franchi la porte, que Sherlock Holmes se levant, comme mû par un ressort, se précipita dans sa chambre. Il revint au bout de quelques secondes à peine, enveloppé dans un ulster, avec une cravate qui lui cachait la moitié du visage. « Je vais la suivre, dit-il rapidement. Elle doit être un complice et elle me mènera à notre homme. Attendez-moi. »

La porte de l'antichambre s'était à peine refermée sur notre visiteuse, que Holmes était déjà dans l'escalier. Par la fenêtre, je pus voir la vieille se traînant péniblement sur le trottoir opposé, tandis que son fileur la suivait à quelques pas. « Ou toute sa théorie est fausse, pensai-je en moi-même, ou il va arriver ainsi au cœur même du mystère. » Il n'avait pas besoin de me demander de l'attendre car je sentais bien qu'il me serait impossible de dormir tant que je ne connaîtrais pas le résultat de cette aventure.

Il était tout près de neuf heures lorsque Holmes partit. Comme je n'avais pas idée du temps qu'il pouvait rester absent, je m'établis confortablement et me mis à fumer une pipe, tout en feuilletant les *Scènes de la vie de Bohème* d'Henri Murger. — Dix heures sonnèrent, et j'entendis les pas de la servante qui allait se coucher ; onze et le pas plus lourd de la propriétaire qui allait en faire autant. Enfin, il était environ minuit lorsque j'entendis le grincement de la clef de Holmes dans la serrure. Dès son entrée, je vis sur sa figure qu'il n'avait pas réussi : il semblait tout à la fois amusé et désappointé ; quand, la gaieté prenant définitivement le dessus, il éclata de rire et s'écria en tombant dans un fauteuil :

« Pour rien au monde je ne voudrais que ces messieurs de Scotland Yard aient vu ce qui s'est passé. Je me suis tellement moqué d'eux qu'ils me blagueraient à leur tour jusqu'à la fin de mes jours. Mais moi, je puis en rire, car je suis bien certain d'être toujours au moins à leur hauteur.

— Que s'est-il donc passé ? demandai-je.

— Oh ! je ne crains pas de raconter comment j'ai été roulé, dupé. Cette vieille bonne femme avait marché quelque temps, lorsqu'elle commença à boiter comme si elle avait mal au pied. Puis elle s'arrêta et héla un fiacre qui passait. Je m'arrangeai pour être tout près d'elle au moment où elle donnait son adresse. Mais c'était là une précaution inutile, car elle cria assez haut pour se faire entendre de l'autre côté de la rue : « Conduisez-moi n° 13, Duncan Street, Houndsditch ». À ce moment-là je crus qu'elle nous avait dit la vérité ; et, l'ayant vue installée dans l'intérieur de la voiture, je m'accrochai derrière. C'est un petit talent que tout policier devrait posséder. Nous voilà partis, et nous roulons sans un seul arrêt, vers l'adresse indiquée. Je saute à terre avant d'arriver à la porte, et je me mets à suivre la rue en flânant d'un air distrait. Le fiacre s'arrête ; le cocher descend de son siège, ouvre la portière et attend : rien ne sort. J'avais vu tout cela du coin de l'œil. Quand j'arrivai auprès de la voiture, le cocher était plongé dedans et cherchait jusque sous les coussins d'un air affolé, tout en défilant le plus joli chapelet de jurons que j'aie entendu de ma vie. Il n'y avait pas plus de client que dans ma main et je crains bien qu'il ne revoie de longtemps le prix de sa course. Au n° 13, on nous apprit que la maison appartenait à un honorable marchand de papiers peints du nom de Keswick et que les noms de Sawyer et de Dennis y étaient totalement inconnus.

« Allons donc ! m'écriai-je stupéfait, vous ne me ferez pas croire que cette vieille bonne femme qui ne tenait pas sur ses jambes ait été capable de sauter d'un fiacre en marche, sans que vous ou le cocher, vous en soyez aperçus ?

— Au diable la vieille bonne femme, répliqua Sherlock Holmes amèrement.

C'est nous, les bonnes femmes, pour avoir ainsi donné dans le panneau. Ce personnage ne pouvait être qu'un homme jeune, et très vigoureux même, sans compter que c'est un acteur incomparable. Son déguisement était la perfection même. Il s'est évidemment aperçu qu'il était filé et il a usé de ruse pour me glisser entre les doigts. Cela prouve que l'homme que nous poursuivons n'est pas seul, comme je l'avais cru jusqu'ici, et qu'il a des amis tout prêts à risquer gros pour lui. Docteur, vous avez l'air éreinté, croyez-moi, allez vous coucher. »

Comme, par le fait, je me sentais très fatigué, je suivis ce conseil. Je laissai Holmes devant un feu de braise, et bien avant dans la nuit, j'entendis encore les gémissements contenus et mélancoliques de son violon, preuve qu'il méditait toujours sur l'étrange problème qu'il s'était juré de résoudre.

CHAPITRE VI
OÙ THOMAS GREGSON MONTRE DE QUOI IL EST CAPABLE

Les journaux du lendemain ne parlaient que du « mystère de Brixton », comme ils l'intitulaient. Chacun donnait un long compte rendu de l'affaire, quelques-uns même en avaient fait leur article de tête. J'y relevai plusieurs détails nouveaux pour moi. Comme mon calepin contient encore plusieurs extraits, découpés à cette époque, en voici un résumé :

Le *Daily Telegraph* remarquait qu'on avait rarement rencontré, dans les annales judiciaires, un drame présentant un caractère plus étrange. Le nom allemand de la victime, l'absence de tout motif apparent du crime, l'inscription sinistre laissée sur le mur, tout tendait à faire croire qu'on se trouvait en présence d'un acte, commis par des réfugiés politiques et des révolutionnaires. Les socialistes avaient beaucoup de ramifications en Amérique ; et la victime, ayant transgressé le code de leurs lois secrètes, avait peut-être été traquée par eux jusqu'à Londres. Après quelques légères digressions sur la Sainte-Vehme, l'agua tofana, les Carbonari, la Marquise de Brinvilliers, le Darwinisme, les préceptes de Malthus, les crimes des voleurs de grands chemins de Ratcliff, l'article concluait en adressant un appel au Gouvernement et en l'adjurant d'exercer une surveillance plus efficace sur les étrangers domiciliés en Angleterre.

Le *Standard* commentait le fait en faisant remarquer que c'est toujours lorsque les libéraux sont au pouvoir qu'on voit se commettre de pareils attentats, au mépris de toutes les lois existantes. Voilà où peuvent mener le trouble et la confusion qu'on sème dans l'esprit des masses et qui engendrent l'amoindrissement de tout principe d'autorité. La victime était un Américain, arrivé depuis quelques semaines dans la métropole. Il avait élu domicile dans la pension de Mme Charpentier à Torquay Terrace, dans le quartier de Camberwell, et était accompagné, dans son voyage, par son secrétaire particulier, M. Joseph Stangerson. Tous les deux avaient fait leurs adieux à leur propriétaire le mardi 4 du mois courant et s'étaient dirigés vers la station d'Euston en déclarant qu'ils avaient l'intention de prendre l'express pour Liverpool. Plus tard, on les avait vus encore ensemble dans la salle d'attente ; mais depuis lors on ne savait plus rien sur leur compte, jusqu'au moment où, comme on le sait, le corps de M. Drebber fut découvert dans une maison inhabitée de Brixton Road, à plusieurs kilomètres d'Euston. Qui l'avait amené là ? Quel était l'assassin ? Autant de mystères. On ignore, ajoutait le journal, ce qu'est devenu Stangerson ; mais nous sommes heureux d'apprendre que c'est à MM. Lestrade et Gregson de Scotland Yard qu'on a confié la mission de diriger les recherches et nous pouvons affirmer avec confiance que ces deux agents, dont le zèle et l'habileté sont si connus, ne tarderont pas à faire sur tous ces faits une lumière complète.

Le *Daily News* ne doutait pas un seul instant qu'on ne se trouvât en présence d'un crime politique. Le despotisme et la haine de toute liberté dont étaient animés les gouvernements du continent avaient eu pour effet de faire émigrer sur nos rives un grand nombre d'hommes qui auraient pu se montrer excellents citoyens s'ils n'étaient pas encore ulcérés par le souvenir de tout ce qu'ils venaient de souffrir. Sur ces hommes pesait un code d'honneur, aux lois inflexibles, qui punissait de mort la moindre infraction. Tous les efforts devraient tendre à retrouver le secrétaire Stangerson et à se renseigner de la façon la plus exacte sur les habitudes de la victime. Du reste l'enquête avait déjà fait un grand pas en découvrant la maison où elle avait logé, et cet heureux résultat était entièrement dû à la perspicacité et au zèle de M. Gregson de Scotland Yard.

Sherlock et moi nous lûmes tous ces articles pendant notre déjeuner et mon ami sembla s'en divertir beaucoup.

« Je vous avais bien dit que, quoi qu'il arrive, Lestrade et Gregson sauraient récolter des lauriers.

— Tout dépend de la tournure que va prendre l'affaire.

— Oh ! laissez donc, cela n'y fera ni chaud ni froid. Si l'homme est arrêté, ce sera grâce à *leurs efforts* ; s'il leur échappe, ce sera *malgré leurs efforts*. Ils jouent là à coup sûr ; quoi qu'ils fassent, ils auront toujours des partisans. Un sot trouve toujours un plus sot qui l'admire.

— Mais qui diable nous arrive ici ? » interrompis-je brusquement.

En effet, à ce moment, des bruits de pas, de savates traînées, se faisaient entendre dans le vestibule et dans l'escalier, en même temps que de violentes exclamations de dégoût proférées par notre propriétaire.

« C'est la petite division de police de Baker Street », répliqua mon compagnon gravement, et aussitôt une demi-douzaine de petits voyous les plus sales et les plus dégoûtants que j'aie jamais vus firent irruption dans la pièce.

« Attention ! » s'écria Holmes sévèrement, et les petits vauriens se mirent sur un rang et restèrent immobiles, comme six vilaines petites statues, « À l'avenir vous enverrez Wiggins seul au rapport et vous attendrez dans la rue. Y a-t-il quelque chose de nouveau, Wiggins ?

— Non, m'sieu, répondit l'interpellé.

— C'est bien ce que je pensais. Mais vous continuerez vos recherches jusqu'à ce qu'elles aboutissent. Voici votre paye. (Il tendit à chacun un shelling.) Maintenant filez et revenez avec de meilleures nouvelles. »

Il fit un geste de la main et tous disparurent comme autant de rats pour faire entendre un instant après dans la rue leurs voix glapissantes.

« On est souvent mieux renseigné par un de ces petits bonshommes que par une douzaine d'agents de police, remarqua Holmes. L'aspect seul d'un agent officiel suffit à rendre les gens muets, tandis que ces gamins se faufilent partout et peuvent tout entendre. Ils sont même fins comme l'ambre et il ne leur manque vraiment qu'une bonne organisation.

— Est-ce à propos du mystère de Brixton que vous les employez ? demandai-je.

— Oui ; il y a un point que je tiens à éclaircir. – C'est du reste simplement une affaire de temps. Ah ! ah ! nous allons apprendre du nouveau et savoir comment Gregson a pris sa revanche. Le voici qui descend la rue avec un air de béatitude empreint sur toute sa figure ; il vient certainement ici. – Oui, le voilà qui s'arrête. »

L'agent tira violemment la sonnette, escalada l'escalier en trois bonds et se précipita dans le salon.

« Mon cher monsieur, cria-t-il, en serrant une main que Holmes ne lui tendait pas, félicitez-moi. J'ai tout rendu clair comme de l'eau de roche. »

Je crus surprendre un vague sentiment d'inquiétude sur la figure si expressive de mon compagnon.

« Venez-vous donc nous annoncer que vous avez trouvé une bonne piste ? demanda-t-il.

— Trouvé une piste ! Mais, mon cher, nous tenons l'homme ! il est déjà sous clef.

— Son nom ?

— M. Arthur Charpentier, enseigne de la marine royale », prononça pompeusement Gregson en se frottant les mains et en faisant jabot.

Sherlock Holmes poussa un soupir de soulagement et redevint immédiatement tout souriant.

« Asseyez-vous donc et tâtez d'un de ces cigares, dit-il ; nous sommes très impatients de savoir comment vous avez tout découvert. Voulez-vous un peu de whiskey avec de l'eau ?

— Ce n'est pas de refus, répondit l'agent de police. Le travail incroyable auquel je me suis astreint pendant ces deux derniers jours m'a éreinté. Ce n'est pas tant, vous saisissez bien, l'effort physique que la tension d'esprit. Vous pouvez me comprendre mieux que personne, monsieur Sherlock Holmes, car nous sommes, vous et moi, des gens qui soumettons notre cerveau à de rudes épreuves.

— Vous me faites trop d'honneur, répliqua Holmes avec le plus grand sérieux. Mais apprenez-nous donc comment vous êtes arrivé à un résultat si remarquable. »

L'agent de police s'installa dans un fauteuil et se mit à regarder avec complaisance les spirales de fumée qui s'échappaient de son cigare.

Puis tout à coup il se donna une tape sur la jambe avec tous les signes de la plus franche gaieté.

« Le plus drôle, s'écria-t-il, c'est que cet imbécile de Lestrade, qui se croit si malin, est parti ventre à terre sur la mauvaise piste. Il est à la recherche du secrétaire Stangerson qui n'est pas plus mêlé à ce crime qu'un enfant qui vient de naître. Il l'a peut-être déjà arrêté à l'heure qu'il est. »

Cette idée parut à Gregson tellement bouffonne qu'il faillit s'étrangler à force de rire.

« Qu'est-ce qui vous a mis sur la voie ?

— Ah ! je vais vous raconter ça, mais, docteur Watson, tout ceci entre nous naturellement. La première difficulté à laquelle nous nous soyons heurtés, était l'absence de tout renseignement sur les tenants et aboutissants de cet Américain. D'aucuns auraient attendu les réponses aux annonces insérées dans les journaux, ou bien les renseignements spontanés qu'on serait venu leur apporter. Mais ce n'est pas ainsi que travaille Tobias Gregson. Vous rappelez-vous le chapeau qui était près du cadavre ?

— Oui, dit Holmes, un chapeau de chez John Underwood and sons, 129, Cambenvell Road. »

Gregson sembla un peu désorienté.

« Je n'avais pas cru que vous ayez remarqué cela, dit-il. Êtes-vous allé chez le fabricant ?

— Non.

— Ah ! s'écria Gregson, avec soulagement. Voyez-vous, il ne faut jamais rien négliger de quelque petite importance que cela puisse paraître.

— Rien n'est petit pour un grand esprit, fit Holmes sentencieusement.

— Eh bien ! je suis allé, moi, chez Underwood et je lui ai demandé à qui il avait vendu un chapeau de telle espèce et de telle dimension. Il consulta ses livres et retrouva tout de suite une indication à ce sujet. Il avait envoyé le chapeau en question à un M. Drebber, demeurant dans la maison meublée Charpentier, Torquay Terrace. Voilà : j'avais déjà l'adresse.

— C'est fort, c'est très fort, murmura Sherlock Holmes.

— Puis, continua le détective, je me rendis chez Mme Charpentier. Je constatai qu'elle était très pâle et très agitée. Sa fille était là dans la chambre, une bien jolie fille, ma foi ! Elle avait les yeux rouges et ses lèvres tremblaient. Naturellement tout cela ne m'a pas échappé et je commençai à me douter qu'il y avait anguille sous roche. Vous connaissez ce sentiment-là, n'est-ce pas, monsieur Sherlock Holmes, lorsque vous tombez sur la bonne voie, et que ça vous donne comme un frisson ? Alors je leur demandai : « Avez-vous appris la mort mystérieuse de votre ancien locataire M. Enoch J. Drebber de Cleveland ? »

« La mère fit signe que oui ; elle semblait incapable d'articuler une parole. Quant à la fille, elle éclata en sanglots. Il me parut de plus en plus évident que ces gens-là étaient mêlés à l'affaire.

« — À quelle heure M. Drebber vous a-t-il donc quittés pour prendre le train ? demandai-je.

« — À huit heures, dit la mère, en se raffermissant pour dominer son agitation. Son secrétaire, M. Stangerson, lui a dit qu'il y avait deux trains : l'un à 9 heures 15 et l'autre à 11 heures. Il se décida pour le premier.

— Et vous ne l'avez plus revu ? »

« À cette question la femme changea de figure et devint livide. Il lui fallut un bon moment pour se remettre et pour pouvoir articuler un simple non et encore fut-ce d'une voix rauque et hésitante,

« Il se fit un silence de quelques instants, puis la fille d'une voix claire :

« Ma mère, le mensonge n'a jamais rien produit de bon, dit-elle tranquillement. Soyons francs avec ce monsieur : nous avons revu M. Drebber.

« — Que Dieu te pardonne ! s'écria Mme Charpentier, en levant les bras au ciel et en tombant dans son fauteuil. Tu as tué ton frère !

« — Arthur serait le premier à vouloir que nous disions la vérité, répondit la fille avec fermeté.

« — Vous feriez mieux de me raconter exactement ce qui s'est passé, repris-je, car les demi-confidences sont pires que tout. De plus, vous ignorez jusqu'à quel point nous sommes renseignés.

« — Que tout cela retombe sur toi, Alice », cria sa mère, puis se retournant vers moi : « Je vous dirai donc tout, monsieur. Oh ! mais n'allez pas attribuer mon agitation aux craintes que je pourrais avoir. Je suis trop sûre que mon fils n'a joué aucun rôle dans cette horrible affaire. Ma seule frayeur est que malgré son innocence, malgré toutes les impossibilités, il puisse paraître compromis. Heureusement pour lui sa moralité irréprochable, sa profession, ses antécédents, tout témoigne en sa faveur.

« — Ce que vous avez de mieux à faire, je le répète, est de me parler à cœur ouvert, insistai-je, Soyez tranquille, si votre fils est innocent, il ne lui arrivera rien de fâcheux.

« — Peut-être, Alice, ferais-tu mieux de me laisser en tête à tête avec monsieur », dit-elle. Sa fille se retira.

« — Non, monsieur, continua Mme Charpentier, je n'avais pas l'intention de vous raconter tout cela ; mais puisque ma pauvre fille a parlé, je n'ai plus à hésiter. Je vais tout vous dire, sans omettre un seul détail.

« — C'est ce qu'il y a de plus sage, dis-je.

« — M. Drebber a passé près de trois semaines chez nous. Lui et son secrétaire, M. Stangerson, venaient de faire un voyage sur le continent. J'ai remarqué que chacune de leurs malles portait une étiquette de « Copenhague » ; c'est donc là la dernière ville où ils avaient séjourné. M. Stangerson, était un homme calme, réservé ; mais son maître, j'ai le regret de le dire, était tout l'opposé. Grossier et brutal, voilà ce qu'il était. Le soir même de son arrivée il s'est grisé et je dois avouer que passé midi, il n'était plus jamais dans son état normal. Ses manières avec les servantes étaient d'une liberté et d'une familiarité repoussantes ; et, chose plus fâcheuse encore, il en vint bien vite à prendre la même attitude vis-à-vis de ma fille Alice. Plus d'une fois, il lui a parlé d'une façon que, Dieu merci, elle est trop innocente pour avoir pu comprendre. Une fois même, ne lui est-il pas arrivé de la prendre par la taille et de l'embrasser ! Son secrétaire lui-même en a été indigné et lui a adressé les plus vifs reproches sur la façon ignoble dont il se conduisait.

« — Mais pourquoi avoir supporté tout cela ? demandai-je. Je pense bien que vous êtes libre de vous débarrasser de vos locataires quand bon vous semble.

« Mme Charpentier rougit à cette remarque si logique.

« — Dieu m'est témoin que je regrette assez de ne l'avoir pas mis à la porte le jour même de son arrivée, dit-elle. Mais c'était trop tentant. Ils payaient chacun 23 francs par jour, soit 350 francs par semaine à eux deux, et nous sommes maintenant dans la morte-saison. Je suis veuve ; mon fils qui est dans la marine m'a coûté très cher. Je n'eus pas le courage de renoncer à cet argent, croyant agir pour le mieux. Mais la dernière incartade de M. Drebber dépassant toutes les bornes, je lui donnai congé en lui disant pourquoi. Voilà quelle fut la cause de son départ.

« — C'est bon ; continuez.

« — Je me sentis soulagée en voyant partir mes locataires. Je dois vous dire que mon fils est en permission en ce moment, et que je n'avais pas osé lui parler de tout cela à cause de la violence de son caractère et de l'affection passionnée qu'il porte à sa sœur. Lorsque j'eus refermé la porte derrière ces gens, il me sembla que j'avais un grand poids de moins sur la poitrine. Hélas ! moins d'une heure après j'entendais sonner : c'était M. Drebber qui revenait très surexcité et ayant évidemment beaucoup bu. Il fit irruption dans la pièce où je me tenais avec ma fille et je crus comprendre, au milieu d'un flot de paroles incohérentes, qu'il avait manqué son train. Puis il se tourna vers Alice, et, devant moi, il eut l'impudence de lui proposer de s'enfuir avec lui : — « Vous êtes majeure, dit-il, et il n'y a aucune loi qui puisse vous en empêcher. J'ai plus d'argent que je ne peux en dépenser. Ne faites pas attention à la vieille, mais venez avec moi, tout de suite. Allons, arrivez. Vous vivrez en princesse. » Ma pauvre Alice fut si effrayée qu'elle s'écarta de lui, mais il la saisit par le poignet et chercha à l'entraîner vers la porte. Je me mis à crier, et au même moment mon fils Arthur entra dans la chambre. Ce qui arriva alors, je n'en sais rien. J'entendis des jurons, un bruit de lutte, mais j'étais trop terrifiée pour oser seulement lever les yeux. Quand je revins à moi, je vis Arthur debout sur le pas de la porte, une canne à la main et riant aux éclats.

« — Je ne crois pas que ce beau sire vienne vous ennuyer encore, dit-il, je vais, cependant le suivre et voir ce qu'il devient. » En disant ces mots, il prit son chapeau et descendit dans la rue. Le lendemain matin nous avons appris la mort mystérieuse de M. Drebber.... »

« Ce récit fut entrecoupé par bien des soupirs et des interruptions. Par moments, Mme Charpentier parlait si bas que je pouvais à peine saisir ce qu'elle disait. Je pris quelques notes pour résumer son récit et ne pas commettre d'erreur.

— C'est tout à fait palpitant, dit Sherlock Holmes en bâillant. Et ensuite ?

— Quand Mme Charpentier eut fini, continua l'agent, je vis que tout reposait sur un seul point. Aussi la fixant avec un œil qui, je le sais, fait toujours une profonde impression sur les femmes, je lui demandai à quelle heure son fils était rentré ?

« — Je ne sais pas, répondit-elle.

« — Vous ne savez pas ?

« — Non, il a une clef et il est rentré sans déranger personne.

« — Étiez-vous déjà couchée ?

« — Oui.

« — À quelle heure vous êtes-vous couchée ?

« — Vers onze heures ?

« — Alors votre fils est resté au moins deux heures dehors ?

« — Oui.

« — Peut-être même quatre ou cinq ?

« — Peut-être.

« — Qu'a-t-il fait pendant tout ce temps ?

« — Je n'en sais rien.

« Naturellement j'étais édifié. Je m'assurai de l'endroit où se trouvait le lieutenant Charpentier ; je pris deux agents avec moi et je le mis en état d'arrestation. Lorsque je le touchai à l'épaule et l'invitai à me suivre tranquillement, il me demanda avec effronterie : « C'est sans doute comme impliqué dans l'affaire de cette canaille de Drebber que vous m'arrêtez ? » Comme nous ne lui avions encore rien dit, cette exclamation m'a paru tout à fait suspecte.

— Tout à fait, dit Holmes.

— Il tenait encore à la main la lourde canne, qu'au dire de sa mère il avait prise pour suivre Drebber. C'est un gros gourdin en bois de chêne.

— Quelle est votre opinion, alors ?

— Eh bien ! mon opinion est qu'il a suivi Drebber jusqu'à Brixton Road. Là, une nouvelle altercation s'est élevée entre eux et Drebber aura reçu, je ne sais trop où, peut-être dans le creux de l'estomac, un coup de bâton qui aura occasionné la mort sans laisser aucune trace. La nuit était si pluvieuse qu'il n'y avait pas un chat dans les rues et Charpentier a pu traîner le cadavre de sa victime dans la maison inhabitée. Quant à la bougie, au sang répandu et à l'inscription sur le mur, autant de ruses destinées à dérouter la police.

— Très bien travaillé, dit Holmes, sur un ton encourageant. Vraiment,

Gregson, vous faites des progrès. Nous arriverons à faire quelque chose de vous.

— Je me flatte, en effet, d'avoir conduit toute cette affaire assez proprement, répondit avec suffisance l'agent de police. Le jeune homme a spontanément déclaré qu'il suivait Drebber depuis quelque temps déjà, lorsque ce dernier l'aperçut et prit un fiacre pour lui échapper. Il prétend avoir rencontré alors, en rentrant chez lui, un ancien camarade de la marine et avoir fait avec celui-ci une longue promenade. Quand on lui a demandé où demeurait ce camarade, il s'est trouvé incapable de donner une réponse satisfaisante. Je crois que tout cela se tient parfaitement. Ce qui m'amuse le plus, c'est de penser que Lestrade galope sur la fausse piste. J'ai bien peur qu'il n'arrive pas à grand'chose. Eh ! mais, que diable, le voici en personne ! »

C'était en effet Lestrade qui venait de monter l'escalier, et entrait à ce moment.

Mais il avait perdu tout ce qui caractérisait en général son maintien. Sa figure était bouleversée et ses vêtements en désordre. Il venait assurément dans l'intention de consulter Sherlock Holmes, car la vue de son collègue parut l'embarrasser et même le contrarier vivement. Il restait planté au milieu de la chambre, tortillant nerveusement son chapeau et ne sachant à quoi se décider, « C'est un cas bien extraordinaire, dit-il enfin, une affaire tout à fait incompréhensible....

— Ah ! vous trouvez ça, monsieur Lestrade, s'écria Gregson triomphalement. Je pensais bien que c'était là que vous aboutiriez. Avez-vous fini par découvrir le secrétaire, M. Joseph Stangerson ?

— Ce secrétaire, ce Joseph Stangerson, prononça Lestrade gravement, a été assassiné ce matin vers six heures à l'hôtel d'Halliday. »

CHAPITRE VII
UNE LUEUR DANS LES TÉNÈBRES

La nouvelle que nous apportait Lestrade était si grave et si inattendue que nous restâmes tous les trois interdits. Gregson en sursauta sur son siège, renversant ce qui restait de son verre de whiskey. Pour moi, je me contentai d'examiner en silence Sherlock Holmes dont les lèvres se serraient et dont les sourcils s'abaissaient jusque sur les yeux.

« Stangerson aussi ! murmura-t-il ; l'affaire se complique.

— C'était déjà bien assez compliqué, grommela Lestrade en s'asseyant. Mais il me semble que je suis tombé en plein conseil de guerre.

— Vous…, vous…, vous êtes sûr de cette nouvelle ? balbutia Gregson.

— Je sors de sa chambre, dit Lestrade, et j'ai été le premier à faire cette découverte.

— Nous venons d'entendre l'opinion de Gregson sur l'affaire, observa Holmes. Auriez-vous la complaisance de nous dire tout ce que vous avez vu et fait ?

— Volontiers, répondit Lestrade en s'asseyant. Je dois avouer que j'étais convaincu de la complicité de Stangerson dans le meurtre de Drebber, avant que ce nouvel incident soit venu me prouver mon erreur. Avec cette idée fixe, je me mis à la recherche du secrétaire. On les avait vus ensemble, son maître et lui, vers huit heures et demie dans la soirée du 3 à la station d'Euston. À deux heures du matin, Drebber était trouvé mort dans la maison de Brixton Road : le point important était donc de connaître l'emploi du temps de Stangerson entre huit heures et demie et l'heure du crime et de savoir ensuite ce qu'il était devenu. Je télégraphiai à Liverpool en donnant le signalement de l'homme et en recommandant d'exercer une surveillance sur les paquebots américains. Puis, je me mis à travailler de mon côté, explorant tous les hôtels et toutes les maisons meublées qui se trouvent dans le voisinage de la station d'Euston. Car je supposais que si, contrairement à mes prévisions, Drebber et son compagnon s'étaient séparés à un moment donné, ce dernier avait dû passer la nuit quelque part dans les environs pour revenir ensuite rôder aux abords de la gare dans la matinée du lendemain.

— Ils avaient probablement convenu d'un rendez-vous, avant de se quitter, remarqua Sherlock Holmes.

— C'était ce que je pensais. J'ai donc passé toute ma soirée d'hier à faire des recherches qui n'ont abouti à rien. Ce matin j'ai recommencé de très bonne heure et à cinq heures je suis arrivé à l'hôtel d'Halliday dans la rue Little Georges. Lorsque je demandai si M. Stangerson habitait là on me répondit affirmativement.

« Vous êtes sans doute le monsieur qu'il attendait, me dit-on. Voilà deux jours qu'il l'espère.

« — Où est-il maintenant ? demandai-je.

« — Il est en haut et encore dans son lit. Il a demandé qu'on n'entre chez lui qu'à neuf heures.

« — Je vais monter le voir tout de suite », répliquai-je.

« Je pensais que mon apparition soudaine lui porterait un coup et lui arracherait peut-être quelque exclamation involontaire. Le portier s'offrit à me mener dans sa chambre ; elle était située au deuxième étage et on y accédait par un petit couloir. L'homme me désigna la porte et allait redescendre, lorsqu'un spectacle si affreux s'offrit à mes regards que mon cœur se souleva, malgré mes vingt années d'expérience. Sous la porte coulait un mince ruisseau de sang qui avait traversé le corridor et avait formé une mare contre la cloison opposée. Je poussai un cri qui fit revenir le portier sur ses pas. Il se trouva presque mal en voyant ce sang. La porte de la chambre était fermée à clef à l'intérieur, mais, réunissant nos efforts, nous l'enfonçâmes au moyen de quelques coups d'épaule. Près de la fenêtre ouverte, gisait, la face contre terre, le corps d'un homme en chemise de nuit. Il devait être mort depuis quelque temps, car il était déjà tout raide et complètement froid. Lorsque le portier le retourna, il reconnut l'individu qui avait loué une chambre sous le nom de Joseph Stangerson. La mort était due à un coup de poignard porté dans le côté gauche et si violemment qu'il avait dû atteindre le cœur. Et maintenant voici le plus étrange de l'affaire. Que pensez-vous qu'il ait pu y avoir au-dessus du cadavre ? »

Je sentis un frisson m'envahir et j'eus le pressentiment de quelque chose de terrible, avant même que Sherlock Holmes eût répondu.

« Le mot *Rache* écrit en lettres de sang.

— C'est cela même », dit Lestrade d'une voix mal assurée. Tous nous nous regardâmes un instant en silence.

Cet assassin inconnu procédait d'une façon si méthodique et incompréhensible que le crime en devenait encore plus horrible. Mes nerfs, que les champs de bataille n'avaient guère pu ébranler, se révoltaient devant ce mystère.

« On a vu l'assassin, continua Lestrade. Un garçon laitier, allant à sa laiterie, passait dans la ruelle qui sépare l'hôtel des écuries. Il remarqua qu'une échelle, qui gît là généralement, était appuyée contre une des fenêtres du second et que cette fenêtre était grande ouverte. Après avoir dépassé la maison, il se retourna, et vit un homme descendre l'échelle. Mais il faisait cela si tranquillement et si naturellement que le garçon pensa que c'était un menuisier ou quelque autre ouvrier qui travaillait dans l'hôtel. Il n'y fit donc guère attention et se contenta de penser que cet individu commençait son ouvrage de bien bonne heure. Il croit se rappeler que l'homme était grand avec une figure rouge et qu'il portait un long pardessus brun. Il doit être resté quelque temps dans la chambre, après avoir commis son crime, car j'ai trouvé dans la cuvette de l'eau mêlée de sang, preuve qu'il s'y était lavé les mains ; et les draps portaient des marques, montrant qu'il s'en était servi pour essuyer son couteau. »

Je jetai un regard à Holmes en entendant cette description de l'assassin en tout si semblable à celle qu'il m'avait donnée, mais je ne vis sur sa figure aucune trace de triomphe ou même de satisfaction.

« N'avez-vous trouvé dans la chambre aucun indice qui puisse mettre sur la trace du meurtrier ? dit-il.

— Aucun, Stangerson avait dans sa poche la bourse de Drebber, mais ce devait être son habitude, puisqu'il était chargé de régler toutes les dépenses. Il y avait dedans un peu plus de deux cents francs ; rien n'avait été volé. Quels que soient les motifs de ces crimes extraordinaires, le vol n'en est assurément pas le mobile. Il n'y avait ni papier, ni portefeuille dans la poche de la victime ; il ne s'y trouvait qu'un télégramme, daté de Cleveland, et vieux d'un mois environ. Voici ce qu'il contenait : « J. H. est en Europe. » Pas de signature.

— Rien d'autre ? demanda Holmes.

— Rien d'important. Un roman que le malheureux avait pris pour s'endormir était encore sur son lit et sa pipe se trouvait sur une chaise à côté. Sur la table, il y avait un verre d'eau et sur le rebord de la fenêtre une petite boite en bois contenant deux pilules. »

Sherlock Holmes bondit sur sa chaise en poussant une exclamation de joie.

« Voilà mon dernier anneau, cria-t-il, tout est complet maintenant. »

Les deux agents de police le regardèrent avec stupéfaction.

« Voyez-vous reprit mon compagnon, sur un ton confidentiel, je tiens à présent dans ma main tous les fils si embrouillés de cette affaire. Il me manque encore naturellement quelques détails ; mais je suis aussi sûr des principaux événements qui se sont déroulés, depuis le moment où Drebber s'est séparé de Stangerson à la station jusqu'à celui où on a découvert le cadavre, que si j'y avais assisté moi-même. Je vais vous en donner une preuve. Avez-vous pris les pilules ?

— Les voici, dit Lestrade, en montrant une petite boîte blanche ; je les ai prises, ainsi que la bourse et le télégramme, afin de tout déposer au bureau de police. Mais j'ai bien failli laisser là les pilules ;

car j'avoue que je n'y attachais pas la moindre importance.

— Donnez-les-moi, dit Holmes. Maintenant, docteur, continua-t-il, en se tournant vers moi, dites-nous si ce sont là des pilules ordinaires ? »

Elles ne l'étaient certainement pas. D'une couleur gris perle, elles étaient petites, rondes et presque transparentes à la lumière. « Leur légèreté et leur transparence, remarquai-je, me portent à croire qu'elles sont solubles dans l'eau.

— Précisément, répondit Holmes. Maintenant voudriez-vous avoir la bonté d'aller chercher ce pauvre petit terrier, qui est malade depuis si longtemps que notre propriétaire vous avait demandé hier de mettre un terme à ses souffrances. »

Je descendis et je remontai avec le chien dans mes bras. Sa respiration pénible et son œil vitreux montraient qu'il n'était pas loin de sa fin. En effet, son museau blanc comme la neige prouvait qu'il avait déjà dépassé les limites habituelles de l'existence pour les animaux de sa race. Je le mis sur un coussin devant la cheminée.

« Maintenant, je vais couper une de ces pilules en deux, dit Holmes ; et prenant son canif il joignit l'action à la parole. — Je remets une moitié dans la boîte pour m'en servir plus tard et je jette l'autre moitié dans ce verre qui contient une petite cuillerée d'eau. Vous voyez que notre ami le Docteur a raison et que cela se dissout parfaitement.

— C'est peut-être très intéressant ce que vous faites là, dit Lestrade du ton piqué de quelqu'un qui craint qu'on ne se moque de lui. Cependant, je ne vois pas très bien ce que cela peut avoir de commun avec la mort de M. Joseph Stangerson.

— Patience, mon ami, patience. Vous constaterez en temps voulu comment cela se rattache à notre affaire. J'ajoute maintenant un peu de lait pour rendre la potion agréable et en la présentant au chien nous voyons qu'il la boit très volontiers. »

Tout en parlant, il avait versé le contenu du verre dans une soucoupe et l'avait placé devant le terrier qui l'avala en un instant. Le sérieux de Sherlock nous avait à tel point impressionnés que nous restions tous là en silence, nous attendant à quelque résultat surprenant. Il n'y en eut aucun. Le chien continua à rester étendu sur le coussin respirant toujours difficilement, mais ne se trouvant évidemment ni mieux ni plus mal de sa petite médecine.

Holmes avait tiré sa montre ; les minutes se succédaient sans qu'il se produisît rien d'extraordinaire et une expression d'ennui et de violent désappointement se manifesta sur son visage. Il se rongeait les lèvres, battait du tambour avec ses doigts sur la table et montrait tous les symptômes d'une impatience nerveuse. Telle était son émotion que je me sentais sincèrement affligé pour lui, tandis que les deux agents, ravis de cet échec, souriaient ironiquement.

« Il est impossible que ce soit une simple coïncidence, cria-t-il enfin, s'élançant de sa chaise et se mettant à arpenter la chambre en tous sens ; non, c'est impossible. Ces mêmes pilules dont je soupçonnais l'existence dans l'affaire Drebber, apparaissent encore dans l'affaire Stangerson. Et cependant elles sont inoffensives. Qu'est-ce que cela peut bien vouloir dire ? Non, tout l'enchaînement de mes raisonnements ne peut pas ne pas être juste. C'est impossible ! Et cependant ce maudit chien ne paraît pas s'en porter plus mal…. Ah ! mais j'y suis, j'y suis ! »

Avec un cri de joie, il se précipita sur la boîte, coupa l'autre pilule en deux, la fit dissoudre, y ajouta du lait et présenta le breuvage au terrier. À peine la malheureuse bête se fut-elle humecté la langue qu'elle eut un frisson convulsif, qui secoua tous ses membres, puis elle tomba raide morte, comme si elle avait été frappée de la foudre. Sherlock Holmes poussa un long soupir de soulagement et essuya la sueur qui ruisselait sur son front, « Je devrais avoir plus de confiance, dit-il ; je devrais, à l'heure qu'il est, savoir que lorsqu'un fait semble venir contrarier une série de déductions, c'est invariablement parce qu'on doit lui chercher une autre interprétation. Des deux pilules renfermées dans la boîte, l'une contenait un poison mortel, l'autre était parfaitement inoffensive. J'aurais dû m'en douter avant même d'avoir vu la boîte. »

Cette dernière assertion me parut si étonnante que je pouvais à peine croire qu'il fût dans son bon sens. Il y avait cependant là le cadavre du chien comme preuve de la justesse de ses conjectures. Il me sembla que le brouillard qui obscurcissait mon cerveau se dissipait et que je commençais à avoir une vague idée de la vérité.

« Tout ceci vous paraît étrange, continua Holmes, parce que dès le début de l'enquête vous n'avez pas saisi l'importance du seul indice véritable que nous ayons relevé. J'ai eu la bonne fortune de m'en rendre compte ; tout ce qui est arrivé depuis, n'a fait que confirmer mes premières suppositions, ou, pour mieux dire, en a été la déduction logique. En conséquence, ce qui n'a fait que vous embarrasser et vous embrouiller davantage n'a servi qu'à m'éclairer et à confirmer mes suppositions. C'est une erreur de croire que ce qui est étrange soit un mystère. Le crime le plus ordinaire est souvent le plus mystérieux parce qu'il ne présente aucun côté saillant auquel on puisse accrocher ses déductions. L'assassinat qui nous occupe aurait été infiniment plus difficile à débrouiller, si le corps de la victime avait été trouvé tout simplement étendu sur la route, sans aucune des circonstances sensationnelles qui l'ont tout de suite mis en relief. Ces détails étranges, loin de rendre l'affaire plus difficile, ont au contraire facilité notre tâche. »

M. Gregson qui avait écouté ce discours avec une impatience marquée ne put se contenir plus longtemps.

« Écoutez, monsieur Sherlock Holmes, dit-il, nous sommes tout prêts à reconnaître que vous êtes un homme très fort et que vous avez une méthode spéciale de travailler ; mais à l'heure qu'il est, il nous faut autre chose que des théories et des beaux discours. Il faut arrêter l'homme. J'ai agi d'après mon idée et il me semble que j'ai fait fausse route. Le jeune Charpentier ne peut pas être impliqué dans cette seconde affaire. Lestrade de son côté a donné la chasse à Stangerson et il n'était pas davantage dans le vrai. Vous nous avez, par-ci par-là, jeté des insinuations à la tête, tout en semblant en savoir plus long que nous ; nous avons donc maintenant le droit de vous demander ce que vous connaissez de l'affaire. Pouvez-vous nommer l'assassin ?

— Je suis forcé de reconnaître que Gregson a raison, monsieur, remarqua Lestrade. Nous avons fait de notre mieux tous les deux et tous les deux nous avons échoué. Depuis que je suis là vous avez plus d'une fois constaté que vous avez toutes les preuves dont vous avez besoin, Voue n'allez pas les garder pour vous plus longtemps ?

— Le moindre retard apporté dans l'arrestation de l'assassin, observai-je, à mon tour, pourrait lui donner le temps de perpétrer de nouveaux crimes. »

Ainsi pressé de tous côtés, Holmes sembla hésiter. Il continua à arpenter la chambre, la tête inclinée sur la poitrine et les sourcils froncés, ainsi qu'il avait l'habitude de le faire lorsqu'il réfléchissait.

« Il n'y aura plus de crimes commis, dit-il enfin, en s'arrêtant brusquement et en nous dévisageant. Vous pouvez compter là-dessus. Vous m'avez demandé si je savais le nom de l'assassin ? Oui, je le sais. Le fait seul de connaître son nom est peu de chose comparé à la difficulté de l'arrêter. Je compte toutefois y arriver avant peu. J'ai bon espoir de réussir, grâce à mes procédés particuliers ; mais c'est une chose qui demande beaucoup de tact, car nous avons affaire à un homme rusé et capable de tout, doublé, comme je l'ai expérimenté à mes dépens, par un autre aussi habile que lui. Tant que cet homme sera convaincu que personne n'est encore sur la piste, il y aura quelque chance de mettre la main dessus ; mais au premier soupçon il changera de nom et se perdra immédiatement au milieu des quatre millions d'habitants que renferme Londres. Sans vouloir vous être désagréable, je suis obligé de dire que la police se trouve en face de gens plus forts qu'elle, et c'est pourquoi je ne vous ai pas demandé votre concours. Si j'échoue, tout le blâme tombera naturellement sur moi ; mais j'y suis préparé. — Je termine en vous promettant que, dès que cela ne pourra plus nuire à mes propres combinaisons, je vous communiquerai tout ce que je saurai. »

Gregson et Lestrade ne parurent pas très satisfaits de cette assurance, non plus que de l'allusion blessante pour la police. Le premier avait rougi jusqu'à la racine de ses cheveux filasse, tandis que les yeux en boule de loto de l'autre s'allumaient dans un mélange de curiosité et de ressentiment. Aucun des deux cependant n'avait eu le temps de formuler leurs réflexions, lorsqu'on frappa à la porte et le porte-parole des petits voyous de la rue, le jeune Wiggins, se présenta en personne, toujours aussi sale et aussi dégoûtant.

« Pardon, m'sieu, dit-il en portant la main à sa tignasse, le fiacre est en bas.

— Tu es un brave garçon, répondit Holmes simplement. Tenez, continua-t-il, voilà un type que vous devriez adopter à Scotland Yard », et il montrait une paire de menottes en acier qu'il venait de prendre dans un tiroir. « Voyez comme le mécanisme en est ingénieux. En un clin d'œil on vous ligote un homme.

— Le vieux modèle est bien assez bon, remarqua Lestrade, si nous avions seulement l'homme à qui les mettre !

— C'est vrai, répondit Holmes en souriant. Mais le cocher pourrait bien me donner un coup de main pour mes malles. Demande-lui donc de monter, Wiggins. »

J'étais très étonné d'entendre mon compagnon parler ainsi de partir, alors qu'il ne m'avait pas soufflé mot de ses projets de voyage. Il y avait dans un coin de la chambre une petite valise, il la tira et se mit en devoir de la boucler. Il était tout absorbé dans cette besogne quand le cocher de fiacre entra.

« Aidez-moi donc un peu à mettre cette courroie, cocher », dit-il, sans tourner la tête et toujours agenouillé sur la malle.

L'individu s'avança d'un air grognon et méfiant et mit ses mains sur la valise pour aider Holmes. Au même moment, on entendit un bruit sec, un cliquetis métallique et Sherlock Holmes se redressa d'un bond.

« Messieurs, cria-t-il les yeux étincelants, laissez-moi vous présenter M. Jefferson Hope, l'assassin d'Enoch Drebber et de Joseph Stangerson. »

Tout cela avait été si rapide que je n'y avais vu que du feu ; mais je n'oublierai jamais cet instant et l'expression triomphante d'Holmes et le son éclatant de sa voix et l'air de détresse sauvage du cocher, tandis qu'il contemplait les manchettes brillantes qui s'étaient rivées comme par enchantement autour de ses poignets. Pendant une seconde ou deux nous eûmes l'air métamorphosés en statues. Puis, avec un hurlement inarticulé de fureur, le prisonnier s'arracha à l'étreinte de Holmes et se jeta sur la fenêtre. L'encadrement et les vitres volèrent en éclats, mais avant qu'il ait eu le temps de passer au travers, Gregson, Lestrade et Holmes sautèrent sur lui comme autant de chiens sur leur proie. Il fut renversé dans la chambre et alors commença une bataille terrible. Cet homme était si fort et si violent qu'il nous secouait tous les quatre sans que nous puissions le maîtriser. Il semblait aussi terrible qu'un épileptique au milieu d'une crise. Sa figure et ses mains avaient été affreusement entamées par les éclats de verre ; mais le sang qui ruisselait de ses blessures ne diminuait en rien sa résistance. Ce ne fut que lorsque Lestrade parvint à passer sa main dans sa cravate et l'eut étranglé à moitié, qu'il comprit enfin l'inutilité de ses efforts. Même alors, nous ne nous sentîmes sûrs de l'avoir dompté que lorsque nous eûmes attaché ses pieds comme ses mains. Cela fait, nous nous relevâmes essoufflés et haletants.

« Nous avons son fiacre, dit Sherlock Holmes. Cela servira à le mener à Scotland Yard. Et maintenant, messieurs, continua-t-il en souriant aimablement, nous voilà arrivés à la solution de notre petit problème. Vous êtes parfaitement libres de m'adresser toutes les questions que vous voudrez et je serai trop heureux d'y répondre. »

DEUXIÈME PARTIE

Au pays des Saints.

CHAPITRE I
DANS LE DÉSERT DE SEL

Dans la partie centrale de l'Amérique du Nord se trouve un désert aride, effrayant. Longtemps il a marqué la limite où venait s'arrêter l'envahissement progressif de la civilisation. Limitée d'un côté par les montagnes de la Sierra-Nevada, de l'autre par celles de Nébraska, au nord par la rivière de Yellowstone et au sud par celle du Colorado, cette région semble être le domaine de la désolation et du silence. Son aspect n'est cependant pas toujours uniforme. De hautes montagnes couvertes de neige y succèdent à des vallées sombres et tristes. Tantôt des rivières au cours torrentueux se frayent un passage à travers des gorges étroites ; tantôt des plaines immenses s'étendent à perte de vue, toutes blanches l'hiver lorsque la neige les recouvre de son linceul, toutes grises l'été, grâce à la poussière alcaline dont elles sont imprégnées. Mais partout, même aspect inhospitalier, même stérilité, partout même désolation. C'est la terre du désespoir ; on n'y voit pas d'habitants. Une bande de Pawnees, ou de Peaux-Rouges, à la recherche d'un nouveau terrain de chasse, la traverse peut-être de temps à autre, mais les plus braves d'entre les braves ne se sentent rassurés que lorsqu'ils quittent ces terribles plaines pour revenir à leurs prairies habituelles. Le coyote qui se cache dans les broussailles, le vautour qui plane dans les airs, l'ours grizzli qui déambule gauchement à travers les ravins et les rochers à la recherche de sa pâture, tels sont les seuls hôtes de ces parages.

Non, il n'y a pas au monde un paysage plus mélancolique que celui de la Sierra Blanca sur son versant méridional. À perte de vue, sans un accident de terrain, coupée seulement çà et là par quelques buissons de jujubiers, s'étend la plaine immense toute semée de plaques alcalines, tandis qu'à l'horizon se profile une longue chaîne de montagnes, dont les cimes décharnées dressent vers le ciel leurs sommets neigeux. Là, partout la vie semble suspendue ; jamais un oiseau ne raie de son vol l'azur sombre du ciel ; jamais une créature quelconque ne se meut sur cette terre grise, et l'impression qui domine toutes les autres est celle d'un silence intense, absolu. Tendez l'oreille : pas un son ne troublera la désolation de ce désert sauvage ; le silence, rien que le silence, un silence qui vous glace le cœur. Mais peut-on vraiment dire que rien ne rappelle l'existence de créatures vivantes ? Si du haut de la Sierra Blanca vous examinez la plaine, vous distinguerez une piste qui, serpentant à travers le désert, va se perdre dans l'éloignement. Bien des roues y ont laissé leur trace, bien des aventuriers l'ont foulée ! Çà et là des taches blanches brillent au soleil plus blanches que le sol sur lequel elles se détachent. Approchez, regardez bien : ce sont des ossements ; les uns forts et grossiers, les autres petits et fins, ossements de bestiaux, ossements humains. Pendant 1500 milles cette route des sombres caravanes est ainsi jalonnée par les squelettes qui sont tombés sur son parcours.

Le 4 mai 1847, un voyageur solitaire contemplait du haut d'un de ces sommets ce paysage désolé. Était-ce le génie, le démon familier de ces parages ? À le voir, il était difficile de lui donner un âge : quarante ans, soixante peut-être, on ne savait. Sa figure était maigre, ses traits tirés ; sa peau jaunie se collait comme un vieux parchemin sur la saillie des os ; des fils blancs sillonnaient la masse brune de ses cheveux et sa barbe était toute embroussaillée ; ses yeux, profondément enfoncés dans leur orbite, jetaient une lueur singulière ; enfin sa main, crispée sur son fusil, était aussi décharnée que celle d'un squelette. Pour se soutenir, il était obligé de s'appuyer sur son arme et cependant sa haute taille et sa puissante ossature semblaient révéler la force et la vigueur. Mais sa face amaigrie, ses vêtements trop larges qui flottaient sur des membres décharnés, indiquaient trop clairement la cause de cette apparence misérable : cet homme se mourait de faim et de soif.

Péniblement il était descendu dans le ravin ; plus péniblement encore il avait remonté la pente opposée, dans l'espoir, hélas ! superflu, d'apercevoir du sommet de la hauteur quelque indice qui révélât la présence de cette eau si désirée. Mais aussi loin que la vue pouvait s'étendre, rien, pas un arbre, pas une plante indiquant une source, une mare quelconque ; l'immensité de la plaine de sel et à l'horizon les hautes montagnes qui formaient une ceinture menaçante. C'était le désert, tout espoir était bien perdu. En vain son œil hagard avait sondé l'espace du nord au sud, de l'est à l'ouest. Il comprit que c'était la fin, qu'il arrivait au terme de son voyage et que là, sur ce rocher dénudé, il ne lui restait plus qu'à mourir. « Pourquoi pas ? murmura-t-il, en s'asseyant sous l'abri d'une pierre géante, pourquoi pas ? autant maintenant que plus tard, autant ici que dans un bon lit. »

Tout en s'asseyant il jeta à terre, en même temps que son fusil, devenu inutile, un fardeau volumineux qu'il avait porté jusque-là sur son épaule. C'était un gros paquet, enveloppé d'une couverture grisâtre et trop lourd évidemment pour ce qui lui restait de forces. De ce paquet sortit un petit cri plaintif et une figure d'enfant apparut, avec de grands yeux brillants et effarés, tandis que deux petites mains se crispaient convulsivement.

« Vous m'avez fait mal, dit une voix enfantine d'un ton de reproche.

— Oh ! vraiment, reprit l'homme tout confus. Je ne l'ai pas fait exprès. » Tout en parlant, il défit le châle et en sortit une petite fille d'environ cinq ans. À ses jolis souliers, à sa gentille robe rose, à son petit tablier blanc, on reconnaissait la sollicitude d'une mère. L'enfant était bien pâle, mais ses bras potelés, ses jambes encore fortes montraient qu'elle avait cependant moins souffert que son compagnon.

« Et maintenant comment cela va-t-il ? » dit l'homme avec inquiétude, en voyant qu'elle frottait encore le haut de sa tête sous les boucles blondes et soyeuses qui la recouvraient.

« Embrassez-moi là pour que ça ne fasse plus mal, dit-elle avec un grand sérieux. C'est comme cela que maman faisait toujours. Où est-elle maman ?

— Maman est partie. Mais je pense que tu vas bientôt la rejoindre.

— Partie ? dit la petite fille. Tiens, c'est curieux, elle ne m'a pas dit adieu ; elle me disait toujours adieu lorsqu'elle allait prendre le thé chez tante, et maintenant voilà trois jours qu'elle est partie ! Mais il fait soif, dites. Est-ce qu'il n'y a pas d'eau et puis quelque chose à manger ?

— Non, hélas ! ma chérie. Un peu de patience seulement et puis tu n'auras plus besoin de rien. Appuie ta tête sur moi, comme cela, tu seras mieux. Quoiqu'il ne soit pas facile de causer quand on a les lèvres racornies comme un vieux cuir desséché, je crois malgré tout, petite, qu'il vaut mieux te dire de quoi il retourne,... mais qu'est-ce que tu tiens donc là ?

— Oh ! de jolies choses, de bien jolies choses, s'écria la petite toute joyeuse, en montrant deux fragments de mica qui brillaient au soleil. Lorsque nous reviendrons à la maison je les donnerai à mon petit frère Bob.

— Attends seulement un peu, et tu verras des choses bien plus jolies encore, murmura l'homme ; mais laisse-moi te parler. Tu te rappelles lorsque nous avons quitté la rivière ?

— Oh, oui !

— Eh bien ! nous comptions trouver bientôt un autre cours d'eau, seulement nous avons fait une erreur avec les compas, ou avec la carte, ou avec je ne sais quoi ; ce qu'il y a de sûr, c'est que nous ne l'avons pas trouvé. Notre eau s'est épuisée, sauf quelques gouttes que nous avons réservées pour toi, et puis…, et puis….

— Et puis, interrompit gravement la petite en fixant les yeux sur la figure poussiéreuse de son compagnon, et puis, vous n'avez pas eu de quoi vous laver.

— Non, ni de quoi boire non plus, et M. Bender a succombé le premier, ensuite ç'a été le tour de l'indien Pete, puis de Mme Mac Gregor et de Johnny Hones, enfin, chérie, ta mère….

— Quoi, maman aussi est morte ! » cria la petite fille, en se cachant la tête dans son tablier pour éclater en sanglots.

« Oui, ils sont tous morts, excepté nous deux. Alors j'ai pensé que nous avions des chances de trouver de l'eau par ici ; je t'ai prise sur mon épaule et nous sommes partis ainsi à l'aventure ; je crois que nous n'avons guère réussi et il ne nous reste plus grand espoir maintenant.

— Voulez-vous dire que nous allons mourir aussi ? demanda l'enfant, cessant brusquement de pleurer et levant vers son compagnon sa figure inondée de larmes.

— Je crois bien que c'est là ce qui nous attend.

— Pourquoi ne l'avez-vous pas dit plus tôt ? fit-elle avec un rire joyeux. Comme vous m'avez fait peur ! Du moment que nous serons morts, nous rejoindrons maman, bien sûr.

— Oui, ma chérie, tu la rejoindras.

— Et vous aussi. Et je lui dirai combien vous avez été bon. Je parie qu'elle viendra au-devant de nous à la porte du ciel avec une grande cruche pleine d'eau et avec beaucoup de gâteaux de sarrasin, tout chauds et bien grillés des deux côtés, comme Bob et moi les aimions tant. Mais combien de temps allons-nous attendre ?

— Je ne sais trop, pas bien longtemps toujours. »

Les regards de l'homme s'étaient dirigés vers l'horizon dans la direction du nord. Sur l'azur du ciel il avait distingué trois petits points sombres, qui grandissaient à vue d'œil en se rapprochant rapidement. C'étaient trois grands oiseaux au plumage foncé qui se mirent à décrire des cercles au-dessus des deux voyageurs et finirent par se poser sur un rocher qui les surplombait. Les vautours arrivaient, leur présence était un signe avant-coureur de mort.

« Oh ! des coqs et des poules », cria la petite toute joyeuse, à la vue de ces sinistres messagers. Et elle se mit à taper ses mains l'une contre l'autre pour les faire lever. « Dites, est-ce que c'est Dieu qui a créé ce pays-ci ?

— Certainement c'est lui, répondit son compagnon, interloqué par cette singulière question.

— Non, non, continua l'enfant, c'est bien lui qui a fait l'Illinois et le Missouri, mais je parierais que c'est quelqu'un d'autre qui a créé la contrée où nous sommes ; car elle n'est pas à moitié aussi bien faite. On y a oublié l'eau et les arbres.

— Si tu récitais un petit bout de prière ? reprit l'homme timidement. Qu'en penses-tu ?

— Mais la nuit n'est pas encore venue ! reprit-elle.

— Peu importe, s'il n'est pas tout à fait l'heure, je suis sûr que le bon Dieu n'y fera pas attention. Répète donc les prières que tu disais tous les soirs sur le chariot lorsque nous étions encore, dans la prairie.

— Pourquoi n'en dites-vous pas vous-même ? demanda l'enfant en le regardant avec des yeux étonnés.

— Je les ai oubliées, répondit-il. Je n'étais pas moitié si haut que ce fusil, que déjà j'en avais perdu l'habitude, mais je pense qu'il n'est jamais trop tard pour bien faire. Dis les tiennes tout haut, et je m'y associerai et accompagnerai les réponses.

— Alors il faut vous mettre à genoux avec moi, dit-elle en étendant le châle par terre ; puis vous joindrez les mains comme ceci, et vous vous sentirez meilleur. »

Spectacle étrange que les vautours étaient seuls à contempler ! L'enfant espiègle et le vieil aventurier étaient agenouillés côte à côte sur l'étroite couverture. La petite fille aux joues roses et rebondies se tournait vers le ciel pur et radieux en même temps que la figure hâve et décharnée. Ces deux êtres si dissemblables sentaient leur cœur

186

s'élever d'un même élan vers cet être suprême avec lequel ils s'entretenaient face à face. Et les deux voix, l'une argentine et pure, l'autre profonde et rude, s'unissaient pour implorer la miséricorde divine. La prière finie, ils reprirent leur place à l'abri du rocher, jusqu'à ce que l'enfant s'endormit pelotonnée sur la large poitrine de son protecteur. Celui-ci veilla pendant quelque temps sur son sommeil, mais à la fin la nature l'emporta. Pendant trois jours et trois nuits il ne s'était pas accordé un instant de repos, aussi ses paupières s'abaissèrent peu à peu sur ses yeux fatigués, sa tête se pencha de plus en plus sur sa poitrine et la barbe grisonnante de l'homme vint se mêler aux boucles blondes de l'enfant. Tous deux étaient abîmés dans le même sommeil lourd et sans rêve.

Si le voyageur était resté éveillé encore quelques instants, un singulier spectacle eût bientôt frappé ses regards. À l'extrémité de la grande plaine de sel, au loin, tout au loin, apparut d'abord un petit tourbillon de poussière. Très léger au début, à peine distinct même, il grandit peu à peu de façon à former un nuage épais qui s'avançait lentement. Mais ce nuage, d'où provenait-il ? Dans une région plus fertile, on aurait cru à la présence d'un de ces grands troupeaux de bisons qui errent en paissant dans la praire ; seulement dans des parages aussi désolés, une telle hypothèse était inadmissible. Lorsque ce nuage de poussière se fut rapproché du rocher qui abritait les deux voyageurs égarés, on put distinguer, à côté de chariots recouverts de toile, la silhouette de cavaliers armés. C'était donc une caravane en marche dans la direction de l'ouest. Mais combien immense ! Les premiers rangs avaient déjà atteint le pied des montagnes, que les derniers n'étaient pas encore visibles à l'horizon. Tous ces éléments divers, fourgons et charrettes, cavaliers et piétons, s'égrenaient d'un bout à l'autre de l'énorme plaine. Les femmes chancelaient sous des fardeaux trop lourds, les enfants marchaient d'un pas mal assuré, ou montraient leurs figures curieuses sous la bâche des chariots. Certes, ce n'étaient pas là des émigrants ordinaires, c'était plutôt un peuple nomade, contraint par des circonstances cruelles à se mettre en quête d'une nouvelle patrie. De toute cette masse grouillante s'élevaient des clameurs confuses que dominaient le grincement des roues et le hennissement des chevaux. Ce tumulte ne parvint cependant pas à tirer de leur engourdissement les deux malheureux endormis sur le sommet du rocher.

En tête de la colonne marchaient une vingtaine d'hommes armés de fusils ; leurs traits étaient sévères, leur visage aussi sombre que leurs vêtements. Arrivés au bas de la falaise, ils firent halte et tinrent brièvement conseil entre eux.

« Les puits sont sur notre droite, frères », prononça l'un d'eux. Celui qui venait de parler était un individu au regard d'acier, aux lèvres minces ; son menton était complètement rasé, ses cheveux grisonnaient.

« À droite de la Sierra Blanca, nous tomberons sur le Rio Grande, dit un autre.

— Ne craignons pas de manquer d'eau, s'écria un troisième. Celui qui a su faire jaillir la source du rocher n'abandonnera pas maintenant son peuple d'élection.

— Amen, amen ! » répondit toute la troupe.

Ils allaient se remettre en marche lorsqu'un des plus jeunes, doué d'une vue perçante, poussa une exclamation, en montrant du doigt la falaise dénudée qui les dominait. Tout en haut, un petit lambeau d'étoffe rose voltigeait au vent, piquant une note brillante et gaie sur la tonalité grise du rocher. Tous arrêtèrent leurs chevaux et saisirent leurs fusils, tandis que d'autres cavaliers accoururent au galop pour renforcer l'avant-garde. Le mot redouté de « Peaux-Rouges » était sur toutes les lèvres.

« Il ne peut y avoir un bien gros parti d'Indiens par ici, dit le vieillard, qui semblait être le chef. Nous avons dépassé la région des Pawnees et nous ne devrions pas rencontrer d'autres tribus jusqu'à ce que nous ayons franchi la grande chaîne de montagnes.

— Voulez-vous me permettre d'aller en reconnaissance, frère Stangerson ? demanda un de la bande.

— Moi aussi, moi aussi, crièrent une douzaine de voix.

— Laissez vos chevaux ici ; nous vous y attendrons », répondit le chef.

En un instant les plus jeunes eurent sauté à terre, entravé leurs montures et ils se mirent à escalader les pentes abruptes, au sommet desquelles flottait le chiffon qui les intriguait tant. Ils avançaient rapidement et sans bruit avec la sécurité et l'adresse de gens rompus au métier d'éclaireurs. Ceux qui étaient restés dans la plaine les suivaient des yeux et les voyaient sauter de rocher en rocher jusqu'à ce qu'enfin leur silhouette se détachât sur la ligne bleuâtre du ciel. Le jeune homme, qui le premier avait donné l'alarme, marchait en tête ; tout à coup ses compagnons le voyant lever les bras dans un geste d'étonnement, accoururent à sa hauteur et restèrent également frappés de stupeur devant le spectacle qui s'offrait à leurs yeux.

Sur le petit plateau qui couronnait le rocher s'élevait une pierre gigantesque. Sous l'abri qu'elle offrait, un homme de haute taille, à la barbe inculte, fortement charpenté, bien que maigre comme un squelette, était étendu. Sa figure calme, sa respiration régulière montraient qu'il était profondément endormi. Autour de son cou basané et musculeux s'enroulaient les bras potelés et blancs d'un enfant qui reposait tout contre lui, et cette tête blonde et dorée s'appuyait sur la poitrine de l'homme, se faisant un oreiller de sa vieille veste de velours. Ses lèvres roses étaient entr'ouvertes, montrant une rangée régulière de dents très blanches et un joyeux sourire illuminait ses traits enfantins. Les petites jambes bien rondes portaient des chaussettes blanches, et de jolis souliers, ornés de boucles brillantes, recouvraient les pieds mignons. Tout cela formait un contraste étrange avec l'aspect de son compagnon. Au-dessus d'eux sur le bord du rocher, trois énormes busards se tenaient gravement immobiles ; mais à la vue des nouveaux arrivants ils se mirent à pousser, d'une voix rauque, de longs cris de désappointement et prirent le parti de s'envoler lourdement. Ce bruit réveilla les deux dormeurs ; se redressant effarés, ils ouvrirent des yeux stupéfaits en apercevant des êtres humains si près d'eux. L'homme sauta sur ses pieds et, jetant ses regards sur la plaine, déserte quelques instants auparavant, il la vit peuplée par cette multitude d'hommes et d'animaux. Sa figure prit alors une expression d'incrédulité bizarre et il passa sa main osseuse sur ses yeux. « Voici, je suppose les hallucinations qui commencent », murmura-t-il. La petite fille debout à côté de lui, le tenait par le pan de son vêtement sans rien dire, mais elle contemplait tout cela avec le regard curieux et chercheur de l'enfance.

Les gens qui arrivaient ainsi au secours des deux pauvres égarés leur prouvèrent bientôt qu'ils n'étaient pas de simples apparitions. L'un d'eux prit l'enfant et la hissa sur son épaule, tandis que deux autres offrirent leur appui à l'homme pour le ramener vers leurs chariots.

« Je m'appelle John Ferrier, dit le voyageur ; de vingt et un émigrants, cette enfant et moi sommes les seuls survivants. Tous nos compagnons sont morts de faim et de soif, là-bas vers le sud.

— Est-ce votre fille ? demanda une voix.

— Je pense que maintenant j'ai bien acquis le droit de l'appeler ainsi, reprit-il d'un air de défi ; elle est à moi puisque je l'ai sauvée et personne ne viendra me la prendre. À partir de ce jour elle se nomme Lucy Ferrier. Mais qui êtes-vous donc ? ajouta-t-il en regardant avec curiosité ses sauveurs, hommes robustes et tout brûlés par le soleil. Comme vous êtes nombreux !

— Nous sommes environ dix mille, dit l'un des jeunes gens, nous sommes les enfants persécutés de Dieu, les élus de l'ange Merona.

— Je n'ai jamais entendu parler de lui, dit le voyageur, mais il m'a l'air de s'être payé un joli lot d'élus.

— Ne vous moquez pas de ce qui est sacré, reprit l'autre sévèrement. Nous sommes de ceux qui croient aux écrits saints tracés en caractères égyptiens sur des plats d'or battu, à ces écrits qui ont été transmis à saint Joseph Smith, à Palmyre. Nous venons de Nauvoo dans l'Illinois, où nous avions construit notre temple. Nous cherchons un refuge contre l'homme injuste et contre l'impie, quand même nous ne devrions le trouver qu'au centre du désert. »

Le nom de Nauvoo réveilla évidemment les souvenirs de John Ferrier.

« Je sais, dit-il, vous êtes les Mormons.

— Nous sommes les Mormons, répondirent ses compagnons d'une seule voix.

— Et où allez-vous ?

— Nous ne le savons pas. La main de Dieu nous guide par l'intermédiaire de notre Prophète. C'est devant lui qu'il vous faut comparaître, car lui seul peut décider de votre sort. »

À ce moment, ils étaient arrivés au pied de la montagne. La foule les entourait, les femmes avec une figure pâle, un aspect résigné, les enfants vigoureux et ne pensant qu'à rire, les hommes, l'œil défiant, et sévère. De tous côtés on entendait des exclamations d'étonnement et de pitié, à la vue de ces deux étrangers, l'un si jeune, l'autre si misérable. Toutefois on ne leur permit pas de s'arrêter et ils continuèrent leur chemin suivis par des flots de Mormons. Ils arrivèrent enfin à un grand char de dimensions tout à fait extraordinaires ; la richesse et l'élégance de son extérieur étaient remarquables. Six chevaux le traînaient, tandis que toutes les autres voitures n'étaient attelées qu'à deux ou au plus à quatre chevaux. À côté du conducteur était assis un homme qui n'avait pas dépassé la trentaine ; cependant sa tête puissante, l'expression de commandement qui luisait dans son regard, révélaient bien qu'il était le chef. En voyant cette troupe s'avancer, il déposa un livre relié en cuir brun qu'il était en train de lire et se prit à écouter attentivement le récit qu'on lui fit

197

de l'épisode. Puis il se tourna vers les deux égarés.

« Si nous vous prenons avec nous, dit-il, d'un ton solennel, ce ne peut être qu'à titre de vrais croyants, fidèles à notre foi. Nous ne voulons pas de loups dans notre bergerie. Il vaudrait mieux pour vous que vos os restassent à blanchir dans ce désert que d'être le fruit gâté qui peu à peu corrompt toute la corbeille. Acceptez-vous ces conditions pour venir avec nous ?

— Vous pensez bien que pour cela j'accepterais n'importe quoi », s'écria Ferrier avec tant de conviction que les vieillards eux-mêmes, malgré toute leur gravité, ne purent retenir un sourire, Le chef seul conserva son air grave et sévère.

« Prenez-le, frère Stangerson, dit-il, donnez-lui à manger et à boire ainsi qu'à l'enfant, puis, à vous la tâche de lui enseigner nos croyances. Maintenant partons, allons, allons vers Sion.

— Allons, allons vers Sion », hurla la foule des Mormons et ces mots, répétés de bouche en bouche par la longue caravane, formèrent un murmure semblable à celui des vagues, allant toujours s'affaiblissant jusqu'à ce qu'il s'éteignit dans le lointain. Le claquement des fouets, le grincement des roues se fit entendre de nouveau et toute cette multitude se remit en marche, déroulant toujours, tel qu'un immense serpent, ses anneaux dans la plaine. L'Ancien auquel les deux pauvres voyageurs avaient été confiés les conduisit à son chariot où déjà un repas avait été préparé pour eux.

« Vous vous installerez là, dit-il. Dans quelques jours vous serez remis de vos fatigues. En attendant rappelez-vous que maintenant et pour toujours vous partagez notre foi. Brigham Young l'a dit et il a parlé avec la voix de Joseph Smith qui est la voix de Dieu ! »

CHAPITRE II
LA FLEUR D'UTAH

Nous ne comptons pas rappeler ici les épreuves et les privations endurées par les Mormons dans le cours de leur émigration avant d'atteindre enfin le port. Des bords du Mississipi jusqu'aux pentes des Montagnes Rocheuses, ils avaient lutté avec un courage dont l'histoire ne nous offre que peu d'exemples. Grâce à cette ténacité qui est le propre de la race anglo-saxonne, ils parvinrent, hommes et bêtes, à tout surmonter, la faim comme la soif, la fatigue comme la maladie, en un mot les obstacles sans nombre que la nature semblait amonceler sur leur chemin. Cependant ce long voyage, ces périls sans cesse renouvelés, avaient ébranlé les cœurs les plus vaillants. Aussi tous tombèrent-ils à genoux, dans l'élan d'une fervente prière, lorsqu'ils virent s'étendre à leurs pieds, toute inondée de soleil, cette immense vallée d'Utah que leur chef désigna comme étant la terre promise dont le sol vierge allait devenir leur pour toujours.

Young prouva bientôt qu'il était aussi habile administrateur que chef résolu. Cartes et plans furent dessinés, l'emplacement de la nouvelle cité choisi, les fermes à l'entour réparties et alloties proportionnellement au rang de chacun. Le marchand put reprendre son commerce, l'artisan son travail. Dans la ville, les rues et les places se formèrent comme par enchantement. Dans la campagne, on planta des haies, on défricha, on sema, si bien que l'été suivant vit tout le pays doré par les moissons jaunissantes. Tout prospérait dans cette étrange colonie. Mais avant tout le grand temple, dont on avait jeté les fondations au centre de la ville, s'élevait de jour en jour davantage. Depuis la première heure du jour jusqu'à la nuit le bruit du marteau et le grincement de la scie ne cessaient pas un instant autour du monument que les émigrants élevaient à la gloire de Celui qui leur avait fait traverser sains et saufs de si grands périls.

Les deux voyageurs égarés, John Ferrier et l'enfant qu'on regardait maintenant comme sa fille, avaient accompagné les Mormons jusqu'au terme de leur exode. La petite Lucy avait été commodément installée dans le chariot du vieux Stangerson, en compagnie des trois femmes du Mormon et de son fils, solide garçon de douze ans, déjà plein de hardiesse et de résolution. Elle s'était bientôt remise du coup que lui avait porté la mort de sa mère, — à cet âge on oublie si vite ! — et elle était devenue l'enfant gâtée des femmes ; aussi s'accommoda-t-elle facilement de cette nouvelle vie dans une maison roulante recouverte de toile. De son côté, Ferrier s'était remis de ses privations et il se révéla comme un compagnon utile et un chasseur infatigable. Il gagna même si bien l'estime de tous, qu'une fois arrivés au terme de leurs pérégrinations, les chefs décidèrent d'un commun accord que le lot de Ferrier serait compris parmi les plus vastes et les plus fertiles, en dehors, bien entendu, des terrains alloués à Young lui-même et aux quatre principaux Anciens, Stangerson, Kemball, Johnston et Drebber.

Sur son nouveau domaine John Ferrier éleva d'abord une simple hutte de bois, mais solidement construite. Puis d'année en année il l'agrandit et l'arrangea si bien qu'il sut la transformer en villa spacieuse. C'était un homme éminemment pratique, doué d'une grande persévérance et très adroit de ses mains. Sa constitution de fer lui permettait de travailler du matin au soir. Aussi il améliora ses terres de telle sorte que tout ce qui était à lui prospéra rapidement d'une façon merveilleuse. Au bout de trois ans il avait réussi bien mieux que tous ses voisins ; au bout de six, il se trouva à l'aise ; au bout de neuf il était devenu riche et, au bout de douze, il n'y avait pas dans tout Salt Lake City plus de cinq à six richards qui pussent rivaliser avec lui. Des bords de la grande mer intérieure jusqu'aux lointaines montagnes de Wahsatch, pas un nom n'était plus honorablement connu que celui de John Ferrier.

Sur un point cependant, mais sur celui-là seul, il est vrai, il éveillait la susceptibilité de ses coreligionnaires. — Conseils et arguments, tout était venu échouer contre son inflexible volonté quand on avait voulu le décider à se pourvoir de femmes à l'exemple de ses compagnons. Jamais il ne consentit à motiver un refus si formel ; il se contenta de persister dans sa détermination avec l'obstination la plus inébranlable. Les uns l'accusèrent de tiédeur pour sa religion d'adoption, d'autres d'avarice, ajoutant qu'il craignait de se voir entraîné à de trop grandes dépenses. D'autres encore parlaient d'une vieille histoire d'amour et d'une jeune fille blonde des rives de l'Atlantique qui serait morte pour lui de langueur et de désespoir. Quoi qu'il en fût, Ferrier restait un célibataire endurci. D'ailleurs, sur tous les autres points, il se conformait à la religion de la nouvelle colonie et se fit ainsi, malgré tout, la réputation d'un homme très ferme et très orthodoxe dans sa foi.

Lucy Ferrier grandit dans la cabane de son père adoptif, l'assistant dans tout ce qu'il entreprenait. L'air vivifiant des montagnes, l'odeur balsamique des pins, suppléaient aux soins absents d'une mère. Chaque année la vit grandir et se fortifier, tandis que ses joues devenaient plus fraîches et plus roses, son pas plus ferme et plus élastique. Plus d'un passant, en suivant la route qui longeait la ferme de Ferrier, sentait son vieux cœur se réchauffer à des pensées qu'il croyait endormies depuis longtemps, soit qu'il vît cette silhouette élégante trottiner dans les champs, soit qu'il rencontrât la jeune fille maniant avec l'aisance et la grâce d'une vraie fille de l'Ouest, le cheval encore presque indompté de son père. C'est ainsi que le bouton de rose s'épanouit en fleur charmante et l'année même où le père put se considérer comme le plus riche colon du pays, la fille offrait de son côté le spécimen de la jeune Américaine la plus accomplie qu'il fût possible de rencontrer d'une mer à l'autre.

Le vieux Ferrier ne fut pas le premier à s'apercevoir de cette transformation ; c'est du reste l'habitude des pères. Le changement mystérieux qui s'opère ainsi à un moment donné est trop subtil et trop progressif pour qu'on puisse lui assigner des dates. La jeune fille elle-même est la dernière à s'en rendre compte, jusqu'au jour où un son de voix ému, où le frémissement d'une main dans la sienne, font battre son cœur et lui révèlent enfin que des sensations nouvelles et plus fortes vont s'éveiller en elle. Cette métamorphose l'effraie bien un peu, mais combien elle en éprouve une douce fierté ! Presque toutes, parmi les femmes, pourraient se rappeler la date exacte où un incident, souvent futile en apparence, a fait luire à leurs yeux l'aurore d'une vie nouvelle. C'est ainsi que dans l'existence de Lucy Ferrier survint un événement de ce genre, moins important par lui-même que par les suites funestes qu'il devait avoir et pour elle, et pour bien d'autres encore.

Par une chaude matinée de juin, ceux qui s'intitulaient « les ouvriers de la dernière heure » étaient aussi occupés que les abeilles dont ils avaient pris la ruche pour emblème. Dans les champs comme dans les rues, régnait le même bourdonnement produit par l'activité humaine. Sur les chemins poudreux se succédaient de longues files de mules pesamment chargées ; toutes se dirigeaient vers l'Ouest, car la fièvre de l'or avait éclaté en Californie et la route qui y menait traversait la cité des Élus. On voyait aussi, tantôt des troupeaux de moutons et de bœufs arrivant des pâturages lointains, tantôt des caravanes d'émigrants où les hommes et les chevaux paraissaient exténués d'un trop long voyage. Cherchant sa voie au milieu de tout ce tohu-bohu, Lucy Ferrier galopait avec l'habileté d'une amazone consommée ; l'animation de la course colorait légèrement son teint transparent et ses longs cheveux blonds flottaient sur ses épaules. Chargée par son père, ainsi qu'il le faisait souvent, d'une commission pour la ville, elle se hâtait avec toute l'insouciance de la jeunesse, ne songeant qu'à sa mission et à la façon de la remplir. Tous ces aventuriers la contemplaient avec stupéfaction et les Indiens eux-mêmes, malgré leur impassibilité naturelle, se départissaient de leur calme pour admirer la beauté de la fille des Visages pâles.

Elle allait atteindre les faubourgs de la ville, lorsque son chemin se trouva barré par un énorme troupeau de bestiaux que poussaient devant eux une demi-douzaine de bergers, à l'aspect sauvage. Dans son impatience, elle essaya de dépasser cet obstacle en s'engageant dans un espace libre. Mais à ce moment les bœufs se resserrant, l'emprisonnèrent au milieu d'eux et elle se trouva comme portée par ce flot mouvant d'animaux au regard farouche, aux longues cornes acérées. Habituée à vivre au milieu du bétail, elle ne s'émut pas de cette situation désagréable, mais elle se contentait dès qu'un vide se produisait devant elle, d'y pousser son cheval espérant parvenir ainsi à traverser tout le troupeau ; Malheureusement, soit hasard, soit méchanceté de la part de l'animal, un des bœufs porta un violent coup de corne dans le flanc de son cheval. Celui-ci, affolé, pointa tout d'un coup, en faisant entendre un hennissement de rage et de douleur, et se mit à bondir d'une telle façon qu'il fallait toute l'habileté de celle qui le montait pour ne pas perdre l'assiette. La situation était des plus critiques. À chaque bond, le cheval rencontrait les cornes de l'un des bœufs et ces piqûres répétées l'affolaient de plus en plus. La jeune fille avait toutes les peines du monde à se maintenir en selle, et cependant elle se rendait compte qu'une chute serait pour elle la mort, et quelle mort ! Écrasée, piétinée par cet effrayant troupeau ! Elle commençait à perdre la tête ; déjà sa main se relâchait sur les rênes, la poussière l'aveuglait, la buée qui s'élevait de tous ces animaux pressés les uns contre les autres la prenait à la gorge.... En désespoir de cause elle allait renoncer à lutter plus longtemps, quand soudain une voix encourageante se fit entendre à ses côtés, et au même instant une main brune et nerveuse, saisissant le mors de sa monture terrifiée, la maîtrisa du coup et put l'entraîner hors du troupeau.

« J'espère, mademoiselle, que vous n'êtes pas blessée ? » dit son sauveur d'un ton respectueux.

Elle considéra un instant cette figure bronzée et énergique, puis, faisant entendre un petit rire moqueur :

« Ah ! j'ai eu bien peur, dit-elle ; comment s'imaginer que quelques vaches suffiraient pour épouvanter ainsi....

— C'est une bénédiction du ciel que vous ne soyez pas tombée », reprit son compagnon d'un air sérieux.

C'était un jeune homme d'une taille élevée, à l'aspect plutôt sauvage, monté sur un fort cheval rouan, vêtu, comme un chasseur, de vêtements grossiers et portant un long fusil en bandoulière.

« Je gage que vous êtes la fille de John Ferrier, continua-t-il, je vous ai vue sortir à cheval de chez lui. En rentrant, demandez-lui donc s'il se souvient de Jefferson Hope, de Saint-Louis. Si c'est bien le Ferrier que je crois, mon père et lui ont été très liés.

— Ne voulez-vous pas venir vous renseigner vous-même auprès de lui ? » insinua Lucy timidement.

Le jeune homme parut ravi de cette offre et dans ses yeux sombres une lueur s'alluma.

« Volontiers, dit-il, mais depuis deux mois nous courons la montagne et nous ne sommes guère en tenue de visite. Il faudra que Ferrier me prenne comme je suis.

— Il vous doit, comme moi, un beau cierge, répondit-elle, car il m'adore. Si ces maudites vaches m'avaient écrasée, il ne s'en serait jamais consolé.

— Ni moi non plus, dit son compagnon.

— Vous, je ne vois pas trop ce que cela aurait pu vous faire, vous n'êtes même pas un de nos amis. »

La figure sereine du jeune chasseur se rembrunit tellement à cette remarque que Lucy Ferrier éclata de rire.

« Allons, ce n'est pas ce que je voulais dire, reprit-elle, bien sûr que vous êtes un ami, il faut venir nous voir. Seulement laissez-moi continuer mon chemin, ou sans cela mon père ne voudra plus me confier ses commissions pour la ville. — Au revoir.

— Adieu », répondit-il en enlevant son large sombrero, et en s'inclinant sur la petite main qu'on lui tendait.

Lucy tourna son cheval, le cingla d'un coup de cravache et partit comme un trait en soulevant un nuage de poussière.

Le jeune Jefferson continua sa route avec ses compagnons, mais il resta sombre et taciturne. Tous ces hommes venaient de prospecter dans les monts Nevada à la recherche de mines d'argent et ils arrivaient à Salt Lake City, espérant y trouver les capitaux nécessaires pour exploiter les filons découverts. — Jusqu'alors Jefferson s'était montré aussi ardent au gain que les autres, mais cet incident inattendu allait changer le cours de ses idées. La vue de cette blonde jeune fille, franche et saine comme les brises qui viennent caresser la Sierra, avait remué jusqu'au plus profond ce cœur sauvage et passionné. En la voyant s'évanouir dans le lointain, il comprit qu'un changement se produisait dans sa vie et que désormais ni mines d'argent, ni rien au monde, ne pourrait rivaliser à ses yeux avec les sensations nouvelles qui venaient de l'assaillir. Ce n'était plus un enfant capable de subir tout d'un coup les atteintes d'une passion déraisonnée ; c'était un homme au vouloir bien trempé, au caractère dominateur, et ce qui se manifestait ainsi chez lui, était un amour vrai, fier, sauvage. Jusqu'alors tout ce qu'il avait entrepris lui avait réussi. Aussi, jura-t-il, dans le plus profond de son cœur, de mettre tous ses efforts, toute sa persévérance à triompher, dans cette lutte d'un nouveau genre, des obstacles qui pourraient se présenter. Dans la soirée Jefferson Hope alla faire sa première visite à John Ferrier. Puis il y retourna si souvent qu'il devint bientôt un des habitués de la ferme. Depuis douze ans, John, emprisonné dans sa vallée, absorbé par son travail, n'avait guère prêté l'oreille aux nouvelles du monde extérieur. Jefferson Hope l'initia donc à tout ce qui pouvait l'intéresser et ses récits savaient captiver la fille aussi bien que le père. Il avait été pionnier en Californie et racontait d'étranges histoires sur les fortunes faites ou défaites en quelques mois dans ce pays de fièvre et d'aventures. Tour à tour il avait encore été chasseur d'Indiens, trappeur, prospecteur de mines, éleveur de bestiaux. – Partout où il y avait eu chance de courir des aventures hasardeuses, Jefferson Hope s'y était trouvé. Bientôt le vieux fermier en fit son hôte de prédilection et ne cessa de prôner ses mérites. Dans ce cas-là, Lucy se taisait ; mais ses joues légèrement colorées, ses yeux brillants et joyeux, montraient clairement que son jeune cœur ne lui appartenait déjà plus. Son brave homme de père pouvait ne pas apercevoir ces symptômes significatifs, mais l'élu de son affection ne s'y trompait pas.

Un soir d'été, un temps de galop l'avait amené devant la grille du vieux Ferrier ; après avoir attaché à un barreau les rênes de sa monture, il s'avança dans l'allée à la rencontre de Lucy qui, l'ayant aperçu, venait au-devant de lui.

« Je pars, Lucy », dit-il, en prenant ses deux mains dans les siennes et en la regardant tendrement dans les yeux. « Je ne veux pas vous demander de venir avec moi maintenant, mais, à mon retour, serez-vous prête à me suivre ?

— Et à quand votre retour ? demanda-t-elle en rougissant, quoique avec un sourire.

— Je reviendrai au plus tard dans deux mois et alors, ma chérie, je vous réclamerai comme mon bien. Qui pourrait tenter de nous séparer ?

— Et mon père ? demanda-t-elle.

— Il m'a donné son consentement à condition que l'affaire des mines tourne bien. Je n'ai aucune crainte de ce côté.

— Ah ! alors si vous et mon père avez tout arrangé, je n'ai plus rien à dire, murmura-t-elle, en appuyant sa tête sur la large poitrine de son ami.

— Dieu soit loué ! reprit celui-ci d'une voix émue, tout en se baissant pour l'embrasser, voilà donc qui est décidé. Mais plus je resterai et plus il me semblera dur de partir ; mes compagnons m'attendent dans le défilé ; adieu, mon amour, adieu, dans deux mois, vous me reverrez. »

Il s'arracha alors à son étreinte et sautant sur son cheval partit au grand galop, sans même retourner la tête, comme s'il craignait qu'un seul coup d'œil, jeté sur ce qu'il laissait derrière lui, pût suffire à ébranler sa résolution.

La jeune fille resta appuyée contre la grille, le suivant du regard jusqu'à ce qu'il eût disparu ; puis elle rentra lentement chez elle. C'était à ce moment la fille la plus heureuse de tout l'Utah.

CHAPITRE III
LE PROPHÈTE CHEZ JOHN FERRIER

Trois semaines s'étaient écoulées depuis que Jefferson Hope et ses compagnons avaient quitté Salt Lake City. John Ferrier sentait son cœur se briser lorsqu'il pensait au retour du jeune homme qui devait, hélas ! être le signal du départ pour sa fille d'adoption. Cependant la vue de la gaieté et du bonheur de Lucy était le meilleur des arguments pour le réconcilier avec la promesse donnée. Il s'était toujours formellement juré, avec toute l'énergie dont il était capable, que pour rien au monde sa fille n'épouserait un Mormon. Une telle union ne lui semblait plus un mariage, mais une honte et un malheur, et quelles que fussent ses idées sur le reste de la doctrine, c'était là un point sur lequel il demeurait intraitable. Mais il lui fallait renfermer soigneusement en lui-même de pareilles pensées, car à cette époque, dans le pays des Saints, il était bien dangereux d'exprimer une opinion qui ne fût pas orthodoxe.

Oui, c'était dangereux, si dangereux même que les plus pieux osaient à peine échanger à voix basse leurs idées religieuses, de peur qu'une parole tombée de leurs lèvres ne fût mal interprétée et ne leur valût un prompt châtiment. Les victimes étaient maintenant devenues persécuteurs à leur tour, et quels persécuteurs ! Ni l'Inquisition de Séville, ni la Sainte-Wehme d'Allemagne, ni les sociétés secrètes d'Italie n'avaient, par leurs sombres machinations, étendu sur l'Europe un voile plus terrible que le sombre nuage qui recouvrait l'Utah.

Invisible et mystérieuse comme elle était, cette organisation se faisait doublement redouter. Elle paraissait tout savoir, tout pouvoir, et cependant jamais on ne la voyait, jamais on ne l'entendait se manifester. L'homme qui tentait d'engager la lutte contre l'Église, disparaissait un beau jour et personne ne savait, ni où il était allé, ni ce qu'il était devenu. C'était en vain que sa femme et ses enfants l'attendaient à la maison, jamais plus il ne revenait révéler ce qui s'était passé entre lui et le tribunal secret. Un mot dit à la légère, un acte inconsidéré, et l'imprudent était supprimé sans que personne pût percer le mystère de cette puissance terrible, suspendue sur la tête de tous. Comment s'étonner que ces hommes dominés par la terreur n'osassent, même pas au sein du désert, se murmurer entre eux les doutes qui les oppressaient ?

Au début, ce pouvoir vague et terrifiant ne s'étendait que sur les révoltés qui après avoir embrassé la religion des Mormons voulaient ensuite soit la dénaturer, soit l'abandonner. Bientôt cependant le champ des persécutions s'agrandit. Le nombre de femmes adultes avait diminué dans la colonie et devant une population féminine insuffisante, l'obligation de la polygamie devenait une doctrine stérile.

On commença alors à entendre circuler d'étranges rumeurs ; on parlait d'émigrants assassinés, de campements pillés dans des régions où cependant les Indiens n'avaient jamais paru. De nouvelles femmes vinrent peupler les harems des Anciens, des femmes brisées par la douleur et par les larmes et sur les traits desquelles se reflétaient tous les symptômes d'une horreur inexprimable.

Des voyageurs attardés dans les montagnes racontaient qu'ils avaient vu défiler dans les ténèbres, d'un pas furtif et silencieux, des hommes armés et masqués. Ces récits, ces rumeurs, prirent bientôt un corps ; et, à force d'être confirmés cent fois, firent comprendre ce qui en était. Aujourd'hui encore dans les fermes solitaires de l'Ouest, parlez de la bande des Danites ou des Anges de la Vengeance et ces mots sonneront comme des noms sinistres et de redoutable augure.

Lorsqu'on commença à connaître mieux cette organisation dont les effets étaient si effrayants, la terreur qu'elle inspira ne fit que s'accroître au lieu de diminuer. Personne ne savait quels étaient les membres de cette association implacable ; leurs noms, le nombre des auteurs ou des complices des meurtres et des crimes, commis au nom de la religion, restaient ensevelis dans le plus profond mystère. Avait-on un ami ? On ne pouvait lui confier ni ses craintes, ni ses appréciations sur le Prophète, ou sur la mission qu'il s'était donnée, car celui-là même peut-être serait le terrible exécuteur des hautes œuvres, qui viendrait, dans l'ombre de la nuit, exercer avec le fer et avec le feu la plus effroyable répression. Chacun se défiait de son voisin et jamais une parole n'était échangée sur ce sujet dont les esprits et les cœurs étaient cependant sans cesse préoccupés.

Par une belle matinée, où John Ferrier se préparait à faire sa tournée dans les champs, le loquet de sa grille se mit à grincer et, de la fenêtre, il aperçut un homme entre deux âges, aux cheveux dorés, à la stature imposante, qui s'avançait dans l'allée. Son cœur ne fit qu'un saut dans sa poitrine ; il venait de reconnaître l'illustre Brigham Young lui-même. Plein d'angoisse, car une pareille visite ne pouvait rien présager de bon, le vieillard courut à sa rencontre pour le saluer respectueusement ; mais le grand chef des Mormons ne reçut que froidement cet hommage et suivit Ferrier dans le salon sans que sa figure se départît de la sévérité la plus rigide.

« Frère Ferrier », dit-il, en s'asseyant et en laissant filtrer à travers ses cils décolorés un regard perçant, « Frère Ferrier, les vrais croyants se sont, je crois, montrés bons pour vous. Nous vous avons ramassé à moitié mort de faim dans le désert, nous avons partagé notre pain avec vous, nous vous avons conduit sain et sauf dans la vallée d'élection, nous vous avons donné des terres et nous vous avons permis d'édifier votre fortune sous notre protection. Tout cela est-il exact ?

— C'est exact, répondit John Ferrier.

— En retour, qu'avons-nous exigé ? Une seule chose : que vous embrassiez la vraie foi et que vous vous conformiez en tout à nos préceptes. Vous nous l'aviez bien promis et cependant, si la rumeur publique dit vrai, vous ne l'avez pas fait !

— Et en quoi ne l'ai-je pas fait ? s'écria Ferrier en levant les bras au ciel. N'ai-je pas versé ma part au fonds commun ? Ne suis-je pas allé fidèlement au temple ? N'ai-je pas….

— Où sont vos femmes ? interrompit Young, en jetant un regard autour de lui. Faites-les entrer que je puisse les saluer.

— C'est vrai, je ne me suis pas marié, répondit Ferrier, mais le nombre de femmes était restreint et bien des frères avaient plus de droits que moi pour en demander, puisque je n'étais pas seul.

N'avais-je pas pour m'assister ma fille avec moi ?

— C'est de cette fille que je veux vous entretenir, reprit le chef des Mormons. Elle a crû en force et en beauté et elle est devenue la fleur d'Utah ; plusieurs, et des premiers d'entre nous, ont jeté les yeux sur elle. »

John Ferrier étouffa un sourd gémissement.

« Certaines rumeurs courent sur son compte, rumeurs auxquelles je voudrais ne pas ajouter foi ; on prétend qu'elle serait promise à un gentil. J'espère que ce n'est là qu'un commérage de langues oiseuses. Que dit en effet le 13° commandement dans le code du bienheureux Joseph Smith ? « Chaque fille de la vraie foi devra devenir l'épouse d'un élu, car si elle choisissait un gentil elle commettrait le plus grand des péchés. » Il est donc impossible que vous, qui appartenez à la vraie foi, vous puissiez consentir à la voir ainsi transgressée par votre fille. »

John Ferrier ne répondit pas, mais il se mit à tordre nerveusement son fouet de chasse entre ses mains.

« Voici donc l'occasion de mettre votre foi à l'épreuve ; c'est ainsi qu'il en a été décidé dans le conseil sacré des Quatre. Votre fille est jeune, et nous ne voulons pas voir cette jeune tête s'unir à des cheveux déjà gris, de même que nous consentons à ce qu'elle puisse, dans une certaine mesure, faire elle même son choix. Chaque Ancien a un troupeau[1] considérable ; mais nos enfants doivent également être pourvus, Stangerson et Drebber ont chacun un fils ; au foyer de l'un comme au foyer de l'autre, votre fille sera la bienvenue. Qu'elle choisisse entre les deux. Ils sont jeunes, riches, ils sont de vrais croyants…. Quelle est votre réponse ? »

Ferrier, les sourcils froncés, demeura muet quelques instants. « Vous nous accorderez un peu de temps, dit-il enfin. Ma fille est si jeune, c'est à peine si elle a atteint l'âge de se marier.

— Elle aura un mois pour se décider, prononça Young en se levant. Mais, ce temps écoulé, il faudra qu'elle nous donne une réponse. »

Il était déjà sur le seuil de la porte, lorsque soudain se retournant le visage courroucé, les yeux étincelants : « Si vous et votre fille, Ferrier, tentiez malgré votre impuissance, de lutter contre la volonté des quatre Saints, il vaudrait mieux pour vous que vos ossements fussent en train de blanchir maintenant sur le versant de la Sierra Blanca. » Et brandissant sa main dans un geste menaçant, il s'éloigna, faisant crier sous ses pas pesants, le gravier de l'allée.

Ferrier était resté assis la tête dans ses mains se demandant quelle entrée en matière il emploierait vis-à-vis de sa fille, lorsqu'il sentit sur son bras la pression d'une main petite et douce, et levant les yeux il aperçut Lucy devant lui. Rien qu'à voir sa pâleur et la terreur empreinte sur ses traits, il comprit qu'elle avait tout entendu.

« Je ne l'ai pas fait exprès, dit-elle, en réponse à son regard, car sa voix résonnait dans toute la maison ! Oh ! mon père, mon bon père, qu'allons-nous devenir ?

— Ne te tourmente pas, répondit-il, en l'attirant à lui et en caressant de sa main large et rugueuse la blonde chevelure de l'enfant, nous trouverons bien un moyen d'en sortir. Tu ne sens pas diminuer la sympathie pour notre voyageur, n'est-il pas vrai ? »

Un sanglot, accompagné d'une pression de la main fut l'unique réponse.

« Non, non, je sais bien que non, reprit-il ; d'ailleurs je ne le désire guère. C'est un brave garçon et un bon chrétien, ce que ne sont guère les gens d'ici malgré toutes leurs simagrées de prières et de sermons. Écoute, il y a demain un convoi qui part pour Nevada, je vais m'arranger pour lui envoyer un message qui lui fera connaître l'impasse dans laquelle nous nous trouvons. Si je juge bien, ce jeune homme arrivera ici, plus rapide que le télégraphe. »

À ces mots Lucy sourit à travers ses larmes.

« Quand il sera là, dit-elle, il nous indiquera le meilleur parti à prendre. Mais c'est pour toi que je tremble, mon père chéri. Elles sont si terribles, si terribles, ces histoires qu'on entend raconter sur ceux qui résistent au Prophète, il leur arrive toujours une si horrible catastrophe.

— Mais nous n'avons pas encore commencé à lui résister ! répondit le père. Il sera bien temps de se garer de l'orage lorsque nous en serons là et nous avons un mois entier devant nous ; il est vrai qu'ensuite il sera peut-être sage de disparaître du beau pays d'Utah.

— Quitter l'Utah ?

— C'est bien là mon intention.

— Et la ferme ?

— Nous allons tâcher de faire rentrer le plus d'argent possible et nous abandonnerons le reste. À vrai dire, Lucy, ce n'est pas la première fois que je songe à agir ainsi ; je n'aime pas beaucoup à ce qu'on fasse joujou avec moi comme ce Prophète de malheur fait avec tous les bonshommes d'ici. Je suis, moi, un fils de la libre Amérique et tout cela me change trop. Ce n'est pas à mon âge qu'on apprend à faire des grimaces et si ce vieux vient encore rôder par ici, il pourra bien être reçu par une bonne charge de chevrotines.

— Mais on s'opposera à notre départ ! objecta la jeune fille.

— Attendons l'arrivée de Jefferson et nous saurons bien nous en tirer. En attendant ne te tracasse pas, ma mignonne, et ne rougis pas trop tes yeux, ou sans cela c'est à moi qu'il s'en prendra. Il n'y a pas grand'chose à redouter, va, et nous ne courons aucun vrai danger. »

Malgré l'air rassuré qu'avait pris John Ferrier pour prononcer ces paroles réconfortantes, sa fille ne put s'empêcher de remarquer le soin inusité qu'il mit ce soir-là à verrouiller les portes et l'attention avec laquelle il nettoya d'abord, puis chargea ensuite le vieux fusil de munition, suspendu dans sa chambre.

CHAPITRE IV
LA FUITE

Le matin qui suivit son entrevue avec le Prophète des Mormons, J. Ferrier se rendit à Salt Lake City et remit à l'ami qui devait partir pour les montagnes de Nevada la missive destinée à Jefferson Hope. Il racontait au jeune homme le danger terrible qui les menaçait et lui disait combien son retour serait nécessaire. Une fois cela fait, il se sentit délivré, d'une partie de ses craintes et rentra chez lui le cœur plus léger.

En approchant de la ferme il fut très étonné de voir deux chevaux attachés de chaque côté de la grille, mais sa surprise augmenta encore en trouvant deux jeunes gens installés dans son salon. L'un, à la figure longue et pâle, se tenait renversé dans un fauteuil à bascule, les pieds appuyés sur le haut du poêle. L'autre, chez lequel un cou de taureau s'harmonisait parfaitement avec la grossièreté des traits, était campé devant la fenêtre, les deux mains dans les poches, et sifflait une chanson populaire. Tous deux saluèrent Ferrier d'un signe de tête et celui qui se prélassait dans le fauteuil entama la conversation en ces termes :

« Peut-être ne nous connaissez-vous pas ? Mon compagnon est le fils de l'Ancien Drebber, et moi je suis Joseph Stangerson. Tous deux nous avons voyagé avec vous dans le désert lorsque le Seigneur a daigné étendre sa main sur vous et vous faire entrer dans le troupeau de ses brebis fidèles.

— De même qu'il fera rentrer toutes les nations au bercail à l'heure qu'il aura choisie, reprit l'autre d'une voix nasillarde. La meule ne broie que lentement, mais elle broie bien. »

John Ferrier s'inclina froidement. Il savait maintenant à quoi s'en tenir sur cette visite.

« Nous sommes venus, continua Stangerson, sur l'avis de nos pères vous demander la main de votre fille. Choisissez, elle et vous, entre nous deux ; mais comme je n'ai que quatre femmes, tandis que frère Drebber ici présent en a sept, il me semble que c'est ma demande qui doit être le plus favorablement accueillie.

— Non, non, frère Stangerson, s'écria l'autre. Il ne s'agit pas de savoir combien de femmes nous avons, mais combien nous pouvons en entretenir. Mon père m'a abandonné ses moulins, et je suis le plus riche de nous deux.

— Mais mon avenir est plus brillant que le vôtre, repartit l'autre avec chaleur. Quand le Seigneur rappellera à lui mon père, j'aurai sa tannerie et sa fabrique de cuirs. De plus je suis votre aîné et j'occupe dans l'Église une situation plus élevée.

— Ce sera donc à la jeune fille à se prononcer, reprit le jeune Drebber, en se regardant avec complaisance dans la glace. Nous nous en rapporterons à sa décision. »

Pendant tout ce dialogue, John Ferrier, plein d'une rage contenue, était resté sur le seuil de la porte, se tenant à quatre pour ne pas casser son fouet de chasse sur le dos de ses deux visiteurs.

« Écoutez bien, dit-il enfin, en faisant un pas vers eux. Quand ma fille vous demandera elle-même de venir, je consentirai à vous recevoir, mais jusque-là, tournez-moi les talons et que je ne vous voie plus. »

Les deux jeunes Mormons sursautèrent stupéfaits. Pour eux cette rivalité qu'ils venaient d'exposer était le plus grand honneur qui pût être fait au père aussi bien qu'à la jeune fille, objet de leur recherche.

« Il y a deux manières de sortir d'ici, cria Ferrier, par la porte ou par la fenêtre. Choisissez. »

Cette figure bronzée était si terrible, ces mains osseuses si menaçantes, que les visiteurs jugèrent bon d'opérer une prompte retraite. Le vieux fermier les suivit jusqu'à la porte.

« Vous me ferez savoir, dès que vous serez d'accord, quel est celui de vous deux qui doit devenir mon gendre, leur dit-il d'un ton de moquerie.

— Il vous en cuira pour tout cela, hurla Stangerson, blanc de rage. Vous avez porté un défi au Prophète et au conseil des Quatre. Vous vous en repentirez jusqu'à la fin de vos jours.

— La main du Seigneur s'appesantira sur vous, reprit le jeune Drebber. Il se lèvera pour vous châtier.

— Alors je vais prendre les devants », s'écria Ferrier furieux et déjà il s'élançait pour saisir son fusil, lorsque Lucy accourut et l'arrêta en le prenant par le bras. Avant qu'il ait pu lui échapper, le galop des chevaux se fit entendre sur la route et lui apprit que les deux Mormons étaient désormais hors d'atteinte.

« Les cafards ! les misérables ! s'écria Ferrier, en essuyant la sueur qui coulait de son front. J'aimerais mieux te voir morte, mon enfant, que la femme de l'un d'eux.

— Et moi aussi, mon père, répondit-elle avec calme, mais Jefferson sera bientôt ici.

— Oui. je l'espère, et le plus tôt sera le mieux ; car nous ne savons pas ce qu'ils sont capables d'inventer maintenant. »

Il était en effet grand temps qu'un homme de bon conseil pût venir apporter un secours efficace au vieux fermier et à sa fille adoptive. Depuis les débuts de la colonie, jamais personne ne s'était permis de méconnaître d'une façon aussi formelle l'autorité des Anciens. Si des fautes bien moindres avaient été châtiées par eux avec la dernière rigueur, qu'allaient-ils faire devant une pareille rébellion ? Ni richesse, ni position acquise ne pouvait plaider en faveur du coupable. Bien d'autres possesseurs d'un renom ou d'une situation équivalente avaient disparu un beau jour et l'Église avait hérité de tous leurs biens. Malgré sa bravoure, les dangers vagues et mal définis que Ferrier sentait planer sur lui, le remplissaient de terreur. Il aurait bravé en face et sans sourciller un péril connu, mais l'incertitude l'affolait. Devant sa fille cependant, il dissimula ses craintes et affecta de n'attacher que peu d'importance à tout cela. Mais Lucy, avec la pénétration que lui donnait son affection filiale, comprit qu'il n'était guère rassuré.

Il pensait bien recevoir de Young, soit un message, soit des remontrances verbales ; si son attente ne fut pas complètement déçue, jamais toutefois il n'aurait pu deviner de quelle manière allait se manifester l'intervention du Prophète. Le lendemain matin, en effet, quelle ne fut pas sa surprise en trouvant, à son réveil, un petit carré de papier épinglé sur la couverture de son lit juste au-dessus de sa poitrine. On y voyait écrit en grosses lettres :

« 29 jours encore vous restent, pour vous décider, mais ensuite…. »

Un pareil avertissement était plus effrayant qu'aucune menace. Comment avait-il pu lui être signifié jusque dans sa chambre ? C'était ce qui inquiétait Ferrier tout en l'intriguant cruellement ; ses serviteurs en effet couchaient dans les dépendances, et toutes les portes, toutes les fenêtres de la maison avaient été solidement verrouillées. Il déchira soigneusement ce papier et n'en parla pas à sa fille, mais cet incident le glaça d'épouvante. Les vingt-neuf jours en question étaient évidemment le complément du mois accordé par Young. Quelle force, quel courage pouvaient prévaloir contre un ennemi si puissant qui se servait d'armes aussi mystérieuses ? La main qui avait épinglé ce chiffon de papier aurait aussi bien pu le frapper en plein cœur sans qu'on ait jamais su à qui elle appartenait.

Le lendemain matin, il reçut un choc plus violent encore. Lucy et lui s'étaient mis à table pour déjeuner, lorsque tout à coup la jeune fille poussa un cri de surprise en montrant du doigt le plafond : au centre était inscrit au charbon le chiffre 28. Pour elle ce chiffre restait inintelligible et ne lui révélait rien. Mais cette nuit-là le vieux Ferrier ne se coucha pas et monta la garde, son fusil entre les jambes. Bien qu'il n'eût rien vu, rien entendu, le lendemain matin un énorme « 27 » se dessinait sur l'extérieur de la porte…

Chaque jour pareil fait se renouvela ; chaque matin Ferrier put constater que ses invisibles ennemis continuaient à tenir les comptes, en marquant, d'une façon bien apparente, le nombre de jours qui restait encore pour compléter le mois de grâce qu'on lui avait octroyé. Tantôt le chiffre fatal apparaissait sur le mur,

241

tantôt il était écrit par terre, parfois encore on trouvait de petites affiches collées sur la grille du jardin. Et, malgré toute sa vigilance, jamais Ferrier ne put découvrir d'où provenaient ces avertissements journaliers. À leur aspect, il sentait une terreur presque superstitieuse l'envahir. Il devenait tout à la fois inquiet et agité, et l'on voyait se refléter dans ses yeux l'expression douloureuse d'un cerf aux abois. Un seul espoir lui restait encore, l'arrivée du jeune chasseur de la Nevada.

Les vingt jours de grâce s'étaient changés en quinze, les quinze n'étaient plus que dix et cependant aucune nouvelle de l'absent n'était parvenue à la ferme. Chaque fois qu'un cavalier passait sur la route, chaque fois qu'un conducteur excitait son attelage, le vieux fermier se précipitait à la grille, espérant que ses vœux étaient enfin exaucés. À la fin, lorsqu'il vit le chiffre 5 remplacé par un 4, le 4 par un 3, il perdit courage et renonça à tout espoir de salut.

Abandonné à lui-même et ignorant comme il l'était de la région montagneuse qui entourait la colonie, il se rendait compte de son impuissance. Les routes les plus fréquentées étaient strictement surveillées et si bien gardées que personne ne pouvait y passer sans un ordre signé du Conseil. De quelque manière qu'il envisageât la situation il lui semblait impossible d'éviter la catastrophe suspendue sur sa tête. Et cependant la résolution du vieillard ne chancela jamais ; plutôt la mort que de consentir à ce qu'il regardait comme le déshonneur de sa fille.

Un soir, assis seul dans sa demeure, il réfléchissait encore à la terrible position dans laquelle il se trouvait et cherchait vainement, un moyen d'en sortir. À l'aube du même jour, c'était le numéro 2 qui était apparu, inscrit sur le mur de la maison ; le lendemain serait donc le dernier jour du délai qui lui avait été accordé. Qu'allait-il arriver alors ?

Toutes sortes de pensées vagues et effrayantes se heurtaient dans son cerveau. Que deviendrait sa fille quand il n'y serait plus ? N'y avait-il aucun moyen de traverser les mailles du filet qu'il sentait se resserrer autour de lui ? En constatant son impuissance, il laissa tomber sa tête sur la table et se mit à sangloter.

Mais, soudain dans le silence un bruit se fit entendre. Qu'était-ce donc ? À la porte un léger grattement, très distinct cependant, troublait le calme de la nuit. Ferrier se glissa dans l'antichambre pour écouter plus attentivement. Le bruit s'interrompit quelques instants, puis reprit de la même façon mystérieuse. Évidemment quelqu'un frappait doucement sur un des panneaux de la porte. Était-ce quelque assassin venu dans la nuit pour accomplir les ordres sanguinaires du tribunal secret, ou bien quelque agent signalant par le chiffre fatal l'aurore du dernier jour de grâce ? Cette incertitude énervante fit passer un tel frisson dans les veines du vieillard que, préférant à ces angoisses une mort immédiate, il bondit en avant, tira le verrou et ouvrit brusquement la porte.

À l'extérieur tout était silencieux et tranquille. La nuit resplendissait sereine et les étoiles brillaient au firmament. La vue s'étendait jusqu'à la barrière qui limitait le jardin, mais ni dans l'enclos, ni sur la route, n'apparaissait aucun être humain. Avec un soupir de soulagement Ferrier examinait les environs, lorsque tout à coup ayant regardé à ses pieds, il fut stupéfait d'y voir un homme étendu tout de son long, la face contre terre. Cette vue lui produisit un tel effet qu'il fut obligé de s'appuyer contre le mur et de porter la main à sa gorge pour étouffer le cri qu'il allait pousser. Il s'imagina d'abord que quelque blessé ou quelque mourant s'était traîné jusque-là, lorsque soudain, il vit l'homme ramper sur le sol et glisser dans l'antichambre avec la rapidité silencieuse du serpent ; puis une fois dans la maison, il sauta sur ses pieds, ferma la porte et exhiba aux yeux stupéfaits du fermier le visage fier et résolu de Jefferson Hope.

« Bonté divine, exhala John Ferrier, quelle peur vous m'avez faite ! Mais pourquoi vous introduire ici de cette façon ?

— Donnez-moi à manger, dit l'autre, d'une voix rauque. Je n'ai rien eu à me mettre sous la dent depuis quarante-huit heures. » Il se jeta sur la viande froide et le pain qui restaient encore du souper de son hôte et se mit à dévorer en conscience…. « Lucy va-t-elle toujours bien ? demanda-t-il, après avoir assouvi sa première faim.

— Oui, répondit le père, elle ignore les dangers que nous courons.

— C'est bon. La maison est surveillée de tous les côtés ; voilà pourquoi j'ai rampé jusqu'ici. Ils peuvent être aussi malins qu'ils voudront, ils ne le sont pas encore assez pour déjouer les ruses d'un chasseur d'antilopes. »

Depuis l'arrivée d'un tel allié, John Ferrier se sentait devenir un autre homme. Il saisit la main bronzée du jeune homme et la serra cordialement. « On peut être fier de vous, dit-il. Peu de gens auraient consenti à venir ainsi partager nos dangers et nos peines.

— Vous dites vrai, père, répondit le jeune chasseur. Je vous estime bien, mais si vous étiez seul dans l'embarras, je crois que j'y regarderais à deux fois avant de me fourrer dans un pareil guêpier. C'est pour Lucy que je suis ici et avant qu'il lui arrive malheur, il faudra qu'il y ait un Hope de moins dans l'Utah.

— Qu'allons-nous faire ?

— Demain est le dernier jour qu'ils vous ont laissé et si nous n'agissons pas ce soir, tout est perdu. J'ai une mule et deux chevaux qui nous attendent dans le ravin de l'Aigle. Combien d'argent avez-vous ?

— Deux mille dollars en or et cinq mille en billets.

247

— C'est suffisant. J'en ai autant de mon côté. Il faut que nous atteignions Carson-City par les montagnes ; mais vous feriez bien de réveiller Lucy. Nous avons de la chance que les domestiques ne couchent pas dans la maison. »

Pendant que Ferrier allait prévenir sa fille du voyage qu'ils étaient sur le point d'entreprendre, Jefferson Hope fit un petit paquet de tout ce qu'il put trouver en fait de provisions de bouche et remplit d'eau une jarre de grès, sachant par expérience combien, dans la montagne, les puits étaient rares et distants les uns des autres. À peine ses préparatifs étaient-ils terminés, que le fermier et sa fille revinrent tout prêts à se mettre en route. Quelque tendre que fût la rencontre entre les deux amoureux ils abrégèrent leurs épanchements ; car les minutes étaient précieuses et il leur restait beaucoup à faire.

« Il faut partir sur l'heure », dit Jefferson Hope, sur un ton bas mais résolu comme quelqu'un qui, tout en se rendant bien compte du danger, a d'avance cuirassé son cœur. « Devant et derrière, les approches sont gardées mais avec des précautions nous pourrons nous échapper par une fenêtre de côté et prendre ensuite à travers champs. Une fois sur la route nous ne sommes qu'à deux milles du ravin où attendent les chevaux et au lever du soleil nous pourrons avoir fait la moitié du chemin dans les montagnes.

— Et si on nous arrête ? » demanda Ferrier, Hope toucha la crosse du revolver qu'il portait à sa ceinture. « S'ils sont trop nombreux, nous en descendrons toujours bien deux ou trois avant d'y passer nous-mêmes », dit-il, avec un sourire sinistre.

Toutes les lumières de la maison avaient été éteintes et à travers la fenêtre ainsi assombrie, Ferrier regarda ces terres qui avaient été les siennes et qu'il allait abandonner pour toujours. Pourtant son sacrifice était fait depuis longtemps et la pensée de l'honneur et de l'avenir de sa fille l'empêchait de sentir trop douloureusement sa ruine. Tout paraissait si calme, si heureux, depuis les arbres frémissant dans l'ombre, jusqu'aux immenses plaines labourées dont pas un bruit ne s'élevait, qu'on ne pouvait croire un tel paysage hanté par l'esprit du meurtre. Et cependant, la pâleur du jeune chasseur, l'expression sérieuse répandue sur ses traits, témoignaient bien qu'il en avait vu assez aux abords de la maison pour savoir à quoi s'en tenir.

Ferrier avait pris le sac plein d'or et les billets de banque ; Jefferson Hope s'était chargé des menues provisions ainsi que de l'eau, et Lucy portait un petit paquet contenant ce qu'elle possédait de plus précieux. Ouvrant la fenêtre aussi doucement que possible, ils attendirent le passage d'un nuage épais qui vint obscurcir la nuit, puis l'un derrière l'autre ils se mirent à traverser le jardin ; rampant, trébuchant, retenant avec soin leur respiration, ils parvinrent à gagner l'abri de la haie, qu'ils voulaient longer jusqu'à la brèche donnant dans les champs. Ils allaient l'atteindre lorsque le jeune homme saisissant tout à coup ses deux compagnons les repoussa violemment dans l'ombre où ils se tinrent tous les trois silencieux et tremblants.

Élevé dans la prairie, Jefferson Hope devait à l'existence nomade qu'il avait toujours menée une ouïe extraordinairement développée ; ce fut heureux pour les trois fugitifs ; car à peine s'étaient-ils tapis contre la haie qu'ils entendirent tout près d'eux le hululement mélancolique d'un hibou de montagnes, auquel répondit aussitôt et à une petite distance un cri semblable. En même temps une silhouette vague, indécise se profila dans la brèche même et répéta ce plaintif signal jusqu'à ce qu'un second individu apparût dans l'obscurité.

« Demain soir à minuit, dit le premier qui semblait être le chef ; quand le hibou fera entendre trois fois son appel.

— C'est bien, répondit l'autre. Faut-il prévenir frère Drebber ?

— Prévenez-le, lui et les autres,… de neuf à sept.

— De sept à cinq », répéta le second personnage, et les deux silhouettes s'éloignèrent, chacune dans une direction différente. Les dernières paroles échangées étaient évidemment un mot de passe. Dès que le bruit des pas se fut évanoui dans le lointain, Jefferson Hope se leva d'un bond et aida ses compagnons à franchir la brèche, puis les guidant à travers champs il les fit marcher aussi vite que possible soutenant la jeune fille, ou la portant presque, lorsque les forces semblaient lui manquer.

« Dépêchons, dépêchons, murmurait-il de temps à autre. Nous sommes à hauteur des vedettes et tout dépend de notre célérité. Dépêchons. »

Dès qu'ils eurent atteint la grande route, ils avancèrent plus rapidement, ils eurent la chance de ne rencontrer qu'une seule personne, mais ils purent se glisser dans un champ avant d'être reconnus. Près de la ville, le chasseur obliqua et s'engagea dans un sentier étroit et malaisé qui menait dans les montagnes. Deux arêtes sombres et dentelées se profilaient dans l'obscurité ; entre les deux s'étendait le défilé de l'Aigle où les chevaux attendaient. Avec un instinct qui n'était jamais mis en défaut, Jefferson Hope choisissait son chemin au milieu des blocs de rocher, ou dans le lit du torrent desséché, jusqu'à ce que son compagnon et lui eussent enfin atteint l'endroit retiré où, cachés par d'énormes pierres, les fidèles animaux avaient été attachés. La jeune fille fut placée sur la mule, le vieux Ferrier, toujours muni de son sac d'argent, enfourcha un des chevaux, tandis que Jefferson Hope prenait l'autre. Puis ils s'engagèrent tous les trois dans un étroit sentier qui longeait d'effrayants précipices.

Le spectacle était propre à glacer de terreur quiconque n'a pas l'habitude de l'aspect sauvage que la nature sait revêtir parfois. D'un côté s'élevait à plus de mille mètres un énorme rocher tout noir, tout morne, qui semblait menacer les alentours ; de longues rayures de basalte striaient sa surface rugueuse et lui donnaient ainsi l'aspect d'un monstre aux côtes proéminentes ; de l'autre côté un affreux chaos de rochers et de débris de toutes sortes obstruait une partie du défilé. Au milieu était tracée la piste, mais si étroite, si mauvaise, que non seulement on ne pouvait y passer qu'en file indienne, mais qu'encore des cavaliers expérimentés étaient seuls capables de s'y aventurer. Cependant, en dépit des dangers et des obstacles, les fugitifs se sentaient le cœur plus léger, puisque chaque pas augmentait la distance qui les séparait du pouvoir terrible et despotique devant lequel ils fuyaient. Mais ils étaient toujours sous la juridiction des Saints et ils ne tardèrent pas à en avoir la preuve. Ils venaient d'atteindre la partie la plus sauvage et la plus désolée du défilé lorsque Lucy poussa un cri d'effroi, en montrant du doigt le sommet de la montagne. Sur un rocher qui dominait le chemin se détachait nettement la silhouette d'une sentinelle avancée. Celle-ci les aperçut au même instant et un « Qui vive ? » tout militaire fit résonner les échos silencieux du ravin.

« Voyageurs allant à Nevada », répondit Jefferson Hope en mettant la main sur la carabine qui pendait à sa selle.

L'homme arma son fusil et les examina comme si cette réponse n'était pas suffisante.

« Avec quelle autorisation ? demanda-t-il.

— Avec celle des Quatre Saints », répondit Ferrier.

Son expérience des Mormons lui avait appris que c'était la plus haute autorité qu'il pût invoquer.

« Neuf à sept, cria la sentinelle.

— Sept à cinq, riposta aussitôt Jefferson Hope, se rappelant le mot de passe qu'il avait entendu dans le jardin. — Passez et que le Seigneur soit avec vous », dit la voix d'en haut.

Plus loin le chemin devenait meilleur et les fugitifs purent mettre leurs chevaux au trot. En jetant un regard en arrière, ils aperçurent la sentinelle perdue appuyée sur son fusil ; cette silhouette leur indiquait la frontière du peuple des Élus et devant eux ils crurent voir enfin briller l'aurore de la liberté.

CHAPITRE V
LES ANGES DE LA VENGEANCE

Toute la nuit ils poursuivirent leur route en suivant, au milieu de gorges abruptes, des sentiers presque impraticables, semés partout d'énormes quartiers de roches ; aussi s'égarèrent-ils plus d'une fois ; mais Hope connaissait si bien cette région montagneuse qu'il finissait toujours par retrouver son chemin.

Au point du jour, un spectacle grandiose et sauvage s'offrit à leurs yeux. De tous côtés les pics couverts de neige se dressaient les uns à côté des autres, comme si chacun d'eux cherchait à dominer son voisin pour plonger plus avant dans les horizons lointains. La piste côtoyait d'immenses rochers à pic au sommet desquels les mélèzes et les pins semblaient suspendus sur les têtes des voyageurs et prêts, au moindre coup de vent, à venir s'abattre sur leur tête.

Cette crainte n'était pas d'ailleurs tout à fait chimérique, car la vallée sauvage était à chaque instant barrée par des arbres ou des quartiers de rocs qui s'étaient détachés un jour de la montagne. Au moment même de leur passage, un grand rocher vint à rouler du haut en bas avec un grondement sourd et terrible qui, réveillant les échos des gorges silencieuses, détermina les chevaux à prendre le galop, malgré leur extrême fatigue. À mesure que le soleil montait lentement sur l'horizon, les capuchons, dont semblaient recouvertes les montagnes les plus élevées, s'éclairaient l'un après l'autre, — telles les lampes qu'on allume pour une fête mondaine, — jusqu'à ce qu'ils se fussent revêtus d'une couleur vermeille et brillante. La magnificence de ce spectacle réconforta les trois fugitifs et leur donna une nouvelle énergie. Bientôt ils firent halte au bord d'un torrent, dont les eaux rapides s'échappaient d'un étroit ravin, et, pendant que les chevaux se désaltéraient, ils déjeunèrent rapidement. Lucy et son père se seraient bien reposés plus longuement, mais Jefferson Hope s'y opposa énergiquement.

« Ils doivent être sur nos traces à l'heure qu'il est, dit-il ; tout dépend donc de la rapidité de notre course. Une fois sains et saufs à Carson, nous serons libres de nous reposer toute notre vie. »

Pendant la journée entière, ils cheminèrent à travers les défilés et vers le soir ils calculèrent que trente milles au moins les séparaient de leurs persécuteurs. À la tombée de la nuit ils choisirent une anfractuosité de rocher à l'abri du vent, et là, serrés les uns contre les autres pour mieux se garantir du froid, ils purent s'accorder quelques heures de sommeil. Mais avant le lever du jour ils étaient de nouveau en route. Rien jusque-là n'indiquait qu'ils fussent poursuivis et Jefferson Hope se prenait à espérer qu'ils avaient échappé enfin à leurs terribles ennemis. Il ne savait pas encore jusqu'où pouvait s'étendre la griffe impitoyable de cette association toute-puissante qui devait pourtant les étreindre et les broyer avant peu.

Vers le milieu du second jour leurs provisions commencèrent à s'épuiser ; mais un chasseur qui avait eu si souvent à ne compter que sur son fusil pour le nourrir et qui savait qu'on pouvait trouver du gibier dans ces montagnes, ne devait pas s'inquiéter pour si peu. Aussi Hope commença-t-il par choisir un endroit abrité ; après avoir fait une provision de bois mort, il construisit un bûcher sérieux dont la flamme réconfortante permit à ses compagnons de se réchauffer suffisamment. Ils se trouvaient en effet à une altitude de plus de cinq mille pieds et l'air commençait à mordre cruellement. Puis, les chevaux une fois entravés, et après avoir dit adieu à Lucy, il jeta son fusil sur son épaule et se mit en chasse, comptant sur son étoile pour lui faire rencontrer du gibier. À une certaine distance il aperçut encore en se retournant le vieillard et la jeune fille accroupis devant le feu, tandis qu'un peu plus loin il distinguait les trois chevaux immobiles. Il poursuivit alors son chemin et au détour d'un rocher il les perdit de vue.

Pendant deux milles environ, les ravins se succédèrent sans qu'il eût rien rencontré. Cependant les marques empreintes sur l'écorce des arbres, aussi bien que les traces qu'il relevait à terre, prouvaient que cette région devait renfermer des ours en grand nombre. Enfin après avoir marché deux ou trois heures sans résultat, il allait se décider à revenir sur ses pas en désespoir de cause, lorsqu'en levant les yeux il aperçut un spectacle qui le fit tressaillir d'aise.

Sur la saillie d'un énorme rocher, à trois ou quatre cents pieds au-dessus de sa tête, se dessinait la silhouette d'un animal assez semblable à un mouton, mais orné d'une paire de cornes gigantesques. Ce mouflon, car c'en était un, était sans aucun doute la sentinelle avancée d'un troupeau invisible ; comme par bonheur il regardait dans une direction opposée à celle où se trouvait notre chasseur, il ne l'avait pas éventé. Jefferson Hope se coucha à plat ventre et appuyant la crosse de sa carabine dans le creux d'une pierre il visa longuement avant de presser la détente. Au coup de fusil l'animal fit un bond désespéré, chancela un instant sur le rebord du précipice, puis vint s'écraser lourdement au fond de la vallée.

C'était un gibier trop gros pour pouvoir l'emporter tout entier ; aussi le jeune homme se contenta-t-il d'en couper un cuissot et de détacher le filet. Jetant son butin sur son épaule il se hâta de revenir sur ses pas, car le jour commençait à tomber. Mais il s'aperçut bientôt qu'il allait avoir d'autres difficultés à surmonter. Son ardeur, en effet, l'avait emporté bien au delà de la contrée qui lui était familière et il lui était presque impossible de reconnaître le chemin qu'il avait suivi. La vallée dans laquelle il se trouvait était coupée et enchevêtrée par plusieurs gorges qui se ressemblaient toutes tellement, qu'on ne pouvait les distinguer les unes des autres. Il en suivit une pendant plus d'un mille, mais elle l'amena à un torrent qui s'échappait de la montagne et qu'il était certain de n'avoir pas rencontré en venant ; reconnaissant son erreur il suivit alors un autre ravin ; le résultat fut le même. La nuit tombait rapidement et l'obscurité était presque complète lorsqu'il se retrouva dans un défilé qu'il reconnut enfin. Mais alors même il était difficile de suivre le bon chemin sans commettre d'erreur, car la lune n'était pas levée et les grandes falaises qui se dressaient de chaque côté rendaient les ténèbres plus épaisses encore. Pliant sous le poids de son fardeau, exténué de fatigue, il ne pouvait faire un pas sans trébucher ; cependant la joie de revoir Lucy et la pensée qu'il rapportait des provisions suffisantes pour assurer la fin de leur voyage le soutenaient et lui donnaient des forces surhumaines.

Il atteignit enfin l'entrée du défilé d'où il était parti et qu'il reconnut aux hautes falaises que, malgré l'obscurité, on voyait se détacher sur le ciel. Songeant alors à l'anxiété avec laquelle ses compagnons devaient l'attendre — car son absence avait duré près de cinq heures, — il mit sa main sur sa bouche et lança un joyeux hallo pour signaler son arrivée. Il s'arrêta un instant espérant entendre un autre cri lui répondre. Mais rien, sinon son propre appel répercuté cent fois sur un ton lugubre par les échos de ces gorges sauvages, tout surpris d'être ainsi réveillés. De nouveau et plus haut encore il se mit à appeler, mais cette fois encore personne ne répondit, rien ne vint lui révéler la présence des êtres aimés qu'il venait de quitter. Une terreur vague, une terreur sans nom s'empara de lui et il s'élança dans une course folle laissant même, dans son trouble tomber le précieux butin qu'il rapportait.

Lorsqu'il eut tourné l'angle du rocher il se trouva soudain devant les restes du brasier. Le feu achevait de se consumer et il était facile, de voir qu'il n'avait pas été entretenu depuis son départ. Un silence de mort régnait sur cette scène. Ses craintes se changèrent alors en certitude, il bondit en avant ; mais il ne vit rien, rien en dehors des cendres encore brûlantes. Le père, la fille, les animaux eux-mêmes, tout avait disparu. Cela n'était que trop clair ; une catastrophe soudaine, terrible, s'était abattue sur ses compagnons pendant son absence et les avait engloutis sans laisser d'eux aucune trace.

Anéanti par ce coup effroyable, Jefferson Hope sentit la tête lui tourner et dut s'appuyer sur son fusil pour ne pas tomber, Mais il était avant tout un homme d'action, et il surmonta rapidement cette faiblesse passagère. Saisissant dans le brasier un brandon enflammé, il souffla dessus pour en raviver la flamme et se mit à examiner minutieusement le lieu du campement. Le sol portait de nombreuses empreintes de pieds de chevaux ; c'était donc une troupe d'hommes montés qui auraient surpris les fugitifs et qui, d'après la direction des pas, avaient dû retourner ensuite à Salt Lake City. Avaient-ils emmené ses deux compagnons ? Jefferson Hope commençait à le croire, lorsque soudain en continuant à promener ses regards de tous côtés, il se prit à frissonner de la tête aux pieds ; près du camp, il venait d'apercevoir un renflement de terre rougeâtre qui certainement n'existait pas quelques heures auparavant. Il n'y avait pas à s'y tromper, ce ne pouvait être qu'une tombe fraîchement creusée. En s'en approchant, le jeune chasseur distingua un morceau de papier placé dans la fente d'un bout de bois fiché en terre et sur ce papier cette inscription laconique mais trop significative, hélas !

JOHN FERRIER

De son vivant citoyen de Salt Lake City
Décédé le 4 août 1860.

Le robuste vieillard qu'il avait quitté si peu d'heures auparavant n'était donc plus et il ne restait de lui que cette brève épitaphe ! Blême d'effroi, Hope regarda de tous côtés, tremblant d'apercevoir une seconde tombe, mais aucun indice ne vint confirmer ses craintes. Lucy avait dû être ramenée par ses terribles persécuteurs pour accomplir la destinée à laquelle ils l'avaient vouée, pour être enfermée dans le harem du fils d'un des Anciens ! Devant la certitude de son malheur, devant sa propre impuissance, le jeune homme se prit à regretter amèrement de ne pas partager la dernière demeure du vieux fermier, la demeure où l'on trouve enfin le repos suprême.

Bientôt cependant son énergie naturelle lui fit secouer l'abattement où l'avait plongé d'abord son désespoir. Si tout était perdu, il pouvait au moins consacrer sa vie à la vengeance. À une patience incroyable, à une persévérance sans égale, Jefferson Hope était capable de joindre une puissance de haine et de ressentiment que n'auraient pas désavouée les Indiens au milieu desquels il avait vécu si longtemps. Assis près du foyer abandonné, il se dit qu'une seule chose pourrait adoucir sa douleur : la joie d'infliger de ses propres mains un châtiment complet, un châtiment terrible, à ses cruels ennemis. Il se fit donc à lui-même le serment de n'avoir plus que ce seul but dans la vie et d'y consacrer toute sa volonté, toute son énergie. La figure pâle, les traits contractés, il retourna chercher le cuissot de mouflon à l'endroit où il l'avait laissé tomber et, ayant ravivé les restes du feu, il le lit cuire de façon à assurer sa nourriture pour quelques jours. Puis il l'enveloppa soigneusement et, insoucieux de son immense fatigue, il se mit en marche à travers les montagnes pour suivre les traces de ceux qui s'intitulaient eux-mêmes les Anges de la Vengeance.

Cinq jours durant, il chemina harassé, les pieds en sang, à travers les défilés qu'il avait déjà traversés à cheval. Le soir il se laissait tomber dans une anfractuosité de rocher et dormait quelques heures, mais le lever du soleil le retrouvait toujours en marche.

Enfin le sixième jour, il atteignit le col de l'Aigle, ce col qui avait été le point de départ de leur fatal exode et de là il put apercevoir la demeure des saints. Brisé par la fatigue, obligé de s'appuyer sur sa carabine, il brandit son poing décharné dans l'espace et menaça la grande ville qui s'étendait silencieuse à ses pieds. En regardant plus attentivement de ce côté il distingua des drapeaux déployés dans les rues et de nombreux signes de réjouissances. Il était à se demander ce que cela signifiait lorsqu'il entendit le pas d'un cheval et vit un cavalier qui s'avançait vers lui. Bientôt il reconnut un Mormon du nom de Cowper auquel il avait, à plusieurs reprises rendu quelques services ; aussi l'aborda-t-il sans hésiter pour tâcher de se renseigner sur le sort de l'infortunée Lucy Ferrier.

« Ne me reconnaissez-vous pas, dit-il ? Je suis Jefferson Hope. »

Le Mormon le regarda stupéfait. Il était difficile en effet de retrouver dans ce misérable tout déguenillé, dans ce vagabond à la figure hâve et farouche, aux yeux égarés, le jeune et élégant chasseur d'autrefois. Mais lorsqu'il l'eut à la fin reconnu, la surprise du Mormon se changea en consternation.

« Vous êtes fou de vous aventurer jusqu'ici ! s'écria-t-il. Le seul fait d'être vu causant avec vous peut me coûter la vie ; ne savez-vous pas que les Quatre Saints ont prononcé contre vous la fatale sentence pour avoir assisté les Ferrier dans leur fuite ?

— Je ne crains ni eux ni leur sentence, répondit froidement Hope.

Vous êtes sûrement au courant de ce qui s'est passé, Cowper ; aussi par tout ce que vous avez de plus sacré au monde, je vous conjure, de répondre à quelques-unes de mes questions. N'avons-nous pas toujours été bons amis ? Pour l'amour du ciel, ne me refusez pas ce que je vous demande.

— Que désirez-vous savoir ? demanda le Mormon avec embarras. Dites-le vite, car ici les rochers ont des oreilles et les arbres des yeux.

— Qu'est devenue Lucy Ferrier ?

— Elle a épousé hier le jeune Drebber…. Mais, allons, du courage, mon ami, du courage, vous allez vous trouver mal !

— Et qu'importe ! » dit Hope faiblement.

Il était devenu en effet d'une pâleur effrayante et s'était laissé tomber au pied du rocher contre lequel il s'appuyait jusque-là.

« Elle est mariée, dites-vous ?

— Mariée depuis hier, voilà pourquoi vous voyez ces drapeaux sur l'hôtel de ville. Il y a bien eu discussion entre le jeune Drebber et le fils de Stangerson pour savoir qui l'épouserait. Ils avaient fait partie tous les deux de la troupe qui vous avait poursuivis, et comme Stangerson avait tué le père il pensait que ses droits devaient primer ceux de son compagnon ; mais lorsque l'affaire fut portée devant le grand Conseil, la majorité se prononça en faveur de Drebber et alors le Prophète lui accorda la jeune fille. Seulement je crois bien qu'avant peu elle ne sera plus à personne ; car hier j'ai vu distinctement la mort peinte sur sa figure. Elle ressemble plus à un fantôme qu'à un être humain, Et maintenait allez-vous repartir ?

— Oui, oui, je pars », dit Jefferson Hope qui s'était levé.

Sa figure semblait être devenue de marbre tant l'expression en était dure et immobile ; les yeux seuls brillaient d'une lueur sinistre.

« Où allez-vous ? demanda le Mormon.

— Qu'importe ! » répondit le chasseur ; et jetant sa carabine sur son épaule, il redescendit la pente du ravin, puis se perdit au milieu des montagnes, dans les gorges profondes où seules les bêtes féroces établissent leurs repaires ; à cette heure, il était devenu plus dangereux et plus cruel que tous les fauves au milieu desquels il allait vivre !

La prédiction du Mormon ne se réalisa que trop bien. Accablée, soit par l'effroyable mort de son père, soit par le mariage odieux auquel on l'avait contrainte, l'infortunée Lucy ne releva plus la tête. Elle languit encore un mois, puis mourut. La brute qu'elle avait pour mari, et qui l'avait épousée surtout à cause des biens que possédait John Ferrier, ne manifesta pas le moindre chagrin de cette mort ; mais les autres femmes de Drebber la pleurèrent sincèrement et, selon la coutume des Mormons, elles voulurent la veiller pendant la nuit qui précéda les funérailles. Elles se trouvaient toutes réunies autour de sa bière quand, aux premières lueurs du jour, elles virent, à leur inexprimable terreur, la porte s'ouvrir brusquement et un homme, à l'air féroce, tout hâve et déguenillé, se précipiter dans la chambre.

Sans un regard, sans un mot pour les femmes effondrées devant lui, il s'avança vers le corps blanc et immobile d'où venait de s'envoler l'âme si pure de Lucy Ferrier. Se penchant sur elle, il baisa avec respect son front glacé, puis saisissant sa main il en arracha l'anneau de mariage : « Du moins elle ne portera pas cela dans la tombe », cria-t-il d'un ton de défi. Et avant que l'alarme ait pu être donnée, il avait déjà dégringolé l'escalier et avait disparu. Tout cela s'était passé si vite, d'une façon si étrange que les témoins de cette scène auraient eu de la peine à croire eux-mêmes à sa réalité, s'ils n'en avaient eu une preuve indéniable : l'anneau de mariage de Lucy avait bien été enlevé de son doigt.

Pendant plusieurs mois, Jefferson Hope erra dans les montagnes, menant une véritable vie de sauvage et berçant dans son cœur le désir immodéré de vengeance qui le possédait tout entier. Bientôt des récits étranges commencèrent à circuler dans la ville ; on parlait d'une espèce de fantôme qu'on voyait, tantôt ramper près des faubourgs, tantôt errer comme une apparition dans les gorges solitaires et les ravins abrupts. Un jour Stangerson entendit siffler à ses oreilles une balle qui, traversant la fenêtre, vint s'aplatir contre la muraille à quelques pouces de lui. Une autre fois, comme Drebber passait au pied d'une falaise, un quartier de roc se détacha du sommet et l'aurait entraîné dans le précipice en le vouant à une mort effroyable s'il n'avait eu la présence d'esprit de se jeter à plat ventre.

Les deux jeunes Mormons ne tardèrent pas à découvrir quel était l'auteur de ces attentats ; ils firent plusieurs expéditions dans les montagnes dans l'espoir de capturer ou de tuer leur ennemi, mais toujours en vain. Alors ils se résignèrent à ne jamais sortir seuls, ni après la chute du jour, et à faire monter la garde autour de leurs demeures. Au bout d'un certain temps ils se relâchèrent un peu de leurs précautions ; car personne n'avait plus vu leur adversaire, on n'en avait plus entendu parler et ils pouvaient espérer que le temps avait enfin calmé sa soif de vengeance.

Il n'en était rien cependant ; le ressentiment de Hope n'avait fait que s'accroître ; sa nature inflexible et farouche était possédée tout entière par le désir de la vengeance et il n'y avait plus dans son cœur place pour aucun autre sentiment. Mais il était doué d'un sens éminemment pratique. Il s'aperçut bientôt que sa constitution de fer, quelque solide qu'elle fût, ne pourrait résister longtemps à la tension constante à laquelle il l'astreignait. Cette vie de périls et de privations l'affaiblissait trop rapidement. S'il mourait comme un chien dans les montagnes, que deviendrait alors sa vengeance ? Et cependant telle était la fin qui l'attendait s'il persistait à mener la même existence. C'était trop bien faire le jeu de ses ennemis ; il le comprit et alors le cœur déchiré, il reprit le chemin des mines de Nevada pour y refaire sa santé et aussi pour y amasser l'argent qui lui permettrait de poursuivre enfin son but par tous les moyens.

Son intention avait d'abord été de ne pas rester plus d'une année absent, mais par suite d'une série de circonstances imprévues il ne put quitter la mine qu'au bout de cinq ans environ. Et cependant après ce long temps écoulé, le ressentiment de tout ce qu'il avait souffert et sa soif de vengeance étaient aussi vifs, aussi ardents, qu'au moment même où dans une nuit inoubliable il s'était agenouillé sur la tombe de John Ferrier. Il revêtit un déguisement, prit un faux nom et retourna à Salt Lake City se souciant peu de risquer sa vie, pourvu qu'il arrivât enfin à se faire justice. Mais là de mauvaises nouvelles l'attendaient. Quelques mois auparavant un schisme avait divisé les Élus. Plusieurs parmi les plus jeunes membres de l'Église s'étaient révoltés contre l'autorité des Anciens et il en était résulté une scission à la suite de laquelle les mécontents avaient quitté l'Utah pour redevenir Gentils. Parmi ces derniers on comptait Drebber et Stangerson, mais personne ne savait de quel côté ils s'étaient dirigés. La rumeur publique disait seulement que Drebber avait pu réaliser une grande partie de ses biens et qu'il était parti à la tête d'une réelle fortune, tandis que son compagnon Stangerson était presque ruiné. Aucun indice, d'ailleurs, ne faisait présager qu'on pourrait un jour retrouver leurs traces.

En présence de pareilles difficultés et malgré le ressentiment le plus violent, plus d'un aurait abandonné toute pensée de vengeance ; mais Jefferson Hope n'eut pas un instant de défaillance. Avec le petit pécule qu'il possédait, cherchant de plus à travailler partout où il passait, il voyagea de ville en ville à travers les États-Unis toujours à la recherche de ses ennemis. Les années succédaient aux années, les cheveux gris aux cheveux noirs, mais il suivait toujours sa voie, comme un bon chien de chasse âpre à la curée, sa volonté tendue vers le but auquel il avait consacré sa vie. Une telle persévérance fut enfin récompensée. Un jour il aperçut simplement une tête se profiler un instant derrière une fenêtre, et cette apparition d'une seconde lui suffit ; il savait désormais que c'était à Cleveland dans l'Ohio que s'étaient retirés ceux qu'il poursuivait. Lorsqu'il rentra dans son misérable taudis, son plan de vengeance était déjà tout fait. Mais le malheur voulut que Drebber en regardant par la fenêtre avait de son côté reconnu ce vagabond et dans ses yeux il avait eu le temps de voir luire une pensée de meurtre. Aussi accompagné de Stangerson, qui était devenu son secrétaire particulier, il se précipita chez un des juges de la ville pour lui expliquer qu'un ancien rival les poursuivait de sa haine et que sa présence à Cleveland leur faisait courir les plus grands dangers. Le même soir, Jefferson Hope fut arrêté et, n'ayant trouvé personne pour lui servir de répondant, il demeura en prison pendant plusieurs semaines. Lorsqu'il fut enfin relâché, la maison de Drebber était vide ; son secrétaire et lui venaient de partir pour l'Europe.

Une fois de plus les projets de vengeance de Hope se trouvaient déjoués ; mais sa haine était trop forte pour lui permettre d'abandonner sa poursuite. Comme cependant l'argent lui faisait défaut, il fut pendant quelque temps obligé de se remettre au travail, économisant sou par sou en vue de prochains voyages. À la fin, ayant amassé assez pour aller jusqu'en Europe, il se décida à partir. Bientôt il retrouva la piste de ses ennemis ; de ville en ville il les traqua, travaillant partout pour gagner sa vie, mais sans jamais pouvoir les atteindre. Lorsqu'il parvint à Saint-Pétersbourg ils venaient de repartir pour Paris et quant à son tour il y arriva, ils étaient déjà en route pour Copenhague. Ce fut encore quelques jours trop tard qu'il débarqua dans la capitale du Danemark, car ils avaient fait voile pour Londres. Mais là enfin il réussit à sonner l'hallali. Pour avoir l'historique des derniers événements nous ne pouvons faire mieux que de transcrire le récit du vieux chasseur lui-même, tel que le docteur Watson l'a reproduit dans ses notes auxquelles nous avons déjà tant d'obligations.

CHAPITRE VI
CONTINUATION DES SOUVENIRS DE JOHN H. WATSON EX-MÉDECIN-MAJOR

La résistance désespérée de notre prisonnier ne dénotait pas cependant chez lui des dispositions particulièrement agressives à notre endroit, car dès qu'il se vit réduit à l'impuissance il nous regarda en souriant de la manière la plus aimable et exprima sincèrement l'espoir de n'avoir blessé aucun de nous, dans la lutte qu'il venait de soutenir. « Je pense bien que vous allez m'emmener au poste de police, dit-il à Sherlock Holmes. Mon fiacre est à la porte et si vous voulez bien me délier un peu les jambes, je marcherai jusque-là ; car pour me porter, je suis maintenant un peu plus lourd que dans ma jeunesse. »

Gregson et Lestrade échangèrent un coup d'œil comme pour marquer leur étonnement d'une demande aussi hardie ; mais Holmes, prenant le prisonnier au mot, détacha aussitôt la serviette avec laquelle il lui avait lié les chevilles. L'homme se leva et remua les jambes, comme pour s'assurer qu'il en avait de nouveau retrouvé l'usage. En l'examinant, je pensai que j'avais rarement rencontré un individu taillé mieux en force et l'expression déterminée et énergique de sa figure, hâlée par le soleil, en imposait autant que sa colossale apparence.

« Si la place de chef de police est vacante, dit-il en regardant Holmes avec une admiration non déguisée, vous êtes, sans contredit, l'homme tout désigné pour cet emploi. La manière dont vous avez suivi ma trace en est la meilleure preuve.

— Vous allez, je pense, m'accompagner, dit Holmes, en se tournant vers les deux agents de police.

— Je puis conduire la voiture, dit Lestrade.

— Bien, et Gregson montera à l'intérieur avec moi… et avec vous, docteur ; puisque vous avez pris part à l'affaire, vous n'allez pas nous lâcher maintenant ? »

Je ne me fis pas prier et nous descendîmes tous ensemble. Notre prisonnier, sans faire la moindre tentative pour s'échapper, monta tranquillement dans son fiacre où nous nous installâmes à ses côtés. Lestrade grimpa sur le siège, fouetta le cheval et en quelques minutes nous arrivâmes à destination. On nous fit entrer dans une petite pièce où un inspecteur de police inscrivit le nom du prisonnier en même temps que ceux des individus qu'on l'accusait d'avoir assassinés. Cet inspecteur était un homme à la figure pâle, aux traits immobiles, qui remplissait ses fonctions d'une façon résignée et toute machinale. « Le prisonnier comparaîtra devant les magistrats dans le courant de la semaine, dit-il ; en attendant, monsieur Jefferson Hope, avez-vous quelque chose à dire ? Je dois vous prévenir que toutes vos paroles seront transcrites et pourront être, dans la suite, interprétées contre vous.

— Certainement que j'ai beaucoup de choses à dire, répondit tranquillement notre prisonnier. Je désire tout raconter à ces messieurs.

— Ne vaudrait-il pas mieux réserver tout cela pour le jour où vous comparaîtrez devant la cour ? demanda l'inspecteur.

— Peut-être n'y comparaîtrai-je jamais, répondit-il. Oh ! n'ayez pas l'air si inquiet. Je ne songe nullement à me suicider. Mais n'êtes-vous pas médecin, monsieur ? ajouta-t-il en fixant sur moi son œil noir et perçant.

— Effectivement, répondis-je.

— Eh bien alors, mettez votre main là », dit-il avec un sourire, en portant ses poignets enchaînés à hauteur de sa poitrine.

Je fis ce qu'il me demandait et je sentis aussitôt un trouble intérieur extraordinaire accompagné de violents battements. Les parois du thorax semblaient frémir et trembler comme celles d'un mince bâtiment qu'ébranlerait à l'intérieur une puissante machine. Dans le silence de la salle je pouvais percevoir un sourd bourdonnement qui provenait également de la même cause.

« Comment ? m'écriai-je, mais vous avez un anévrisme de l'aorte !

— C'est bien ce qu'on m'a dit, répliqua-t-il sans s'émouvoir. La semaine dernière encore je suis allé consulter un médecin à ce sujet et il paraît que la rupture a des chances de se produire d'ici à peu de jours. Il y a tant d'années que cela progresse ! Ce sont les fatigues et les privations que j'ai endurées dans les montagnes du Lac Salé qui m'ont donné cela. Mais maintenant que j'ai accompli mon œuvre, je suis prêt à mourir. Seulement je voudrais auparavant raconter toute mon histoire, pour ne pas laisser après moi le souvenir d'un assassin. »

L'inspecteur et les deux agents de police se consultèrent rapidement entre eux pour savoir s'il y avait lieu d'accorder au prisonnier sa demande.

« Pensez-vous, docteur, que cet homme coure un danger immédiat ? demanda le premier.

— Certainement, répondis-je.

— Dans ce cas et dans l'intérêt même de la justice, notre devoir est évidemment d'écouter sa déposition, dit l'inspecteur. Vous êtes donc libre, monsieur, de nous raconter votre affaire, mais je vous le répète, tout ce que vous direz sera consigné par écrit.

— Permettez-moi seulement de m'asseoir, dit le prisonnier en joignant l'action à la parole. Mon anévrisme me fatigue beaucoup et la lutte que je viens de soutenir ne m'a guère fait de bien. Je suis sur le bord de la tombe, aussi croyez bien que je ne chercherai pas à mentir. Chacune de mes paroles sera l'expression de la vérité pure et peu m'importe l'usage que vous pourrez en faire. »

Ce disant, Jefferson Hope se renversa sur son siège et se mit à nous raconter son étrange aventure d'un ton calme et posé, comme si rien de tout cela ne lui paraissait extraordinaire. J'ai transcrit son récit aussi fidèlement que possible, après l'avoir relevé sur le calepin de Lestrade qui prenait des notes au fur et à mesure.

« Les motifs de ma haine contre les deux hommes vous intéresseraient peu, commença notre prisonnier ; qu'il vous suffise de savoir qu'ils avaient assassiné deux créatures humaines, le père et la fille, et qu'ils avaient ainsi mérité eux-mêmes la mort. Mais tant d'années s'étaient écoulées depuis ce double meurtre, que je ne pouvais m'adresser à aucun tribunal pour les faire condamner ; seulement moi qui connaissais leur crime, je résolus d'être tout à la fois pour eux leur accusateur, leur juge et leur bourreau. Pas un homme sur toute la surface de la terre, pas un homme, vous m'entendez, n'aurait agi différemment s'il s'était trouvé à ma place.

« Il y a vingt ans de cela, la jeune fille à laquelle je faisais allusion tout à l'heure allait devenir ma femme. Contrainte par la violence à épouser ce Drebber, sa vie et son cœur furent brisés du même coup. Mais tandis qu'elle gisait étendue sur son lit de mort, j'arrachai de son doigt son anneau de mariage et je fis le serment qu'au moment où je verrais agoniser devant moi le misérable auteur de sa perte, je lui présenterais cette bague pour mieux lui rappeler le crime dont il recevait enfin la juste punition. Depuis lors, cet anneau ne m'a jamais quitté et j'ai poursuivi sans relâche, à travers le nouveau et l'ancien continent, Drebber et son complice, jusqu'à ce que j'aie pu enfin les atteindre. Ils croyaient sans doute me lasser, mais combien ils se trompaient ! Si je meurs d'ici à peu, comme cela est bien probable, je mourrai au moins sachant que ma tâche en ce monde a été remplie et bien remplie, je m'en vante. Tous les deux sont morts et morts de ma main ! Après cela, que me reste-t-il à désirer ? Que me reste-t-il à espérer ?

« Ils étaient riches et moi j'étais pauvre, aussi il ne m'était guère facile de les suivre. Lorsque j'arrivai à Londres ma bourse était à sec et je fus obligé de chercher un métier qui me permît de vivre. Mener des chevaux, en monter, m'est aussi naturel que de me servir de mes jambes ; aussi je m'adressai à un loueur de voitures qui m'employa tout de suite. J'étais tenu de rapporter chaque semaine à mon patron une somme fixe et tout le surplus devait me revenir ; mais c'était bien peu de chose et force fut de m'ingénier pour augmenter mon maigre salaire. Ce qui me parut le plus difficile fut d'apprendre à reconnaître mon chemin. Car jamais, au grand jamais, labyrinthe ne fut plus compliqué que celui formé par les rues de votre ville. J'avais cependant sur moi un plan de Londres, et une fois que j'eus pris comme point de repaire les principaux hôtels et les principales gares, je m'en tirai assez bien.

« Il se passa un certain temps avant que j'aie pu découvrir où demeuraient mes deux ennemis ; cependant à force de me renseigner je finis par les dénicher. Ils étaient logés dans une maison meublée à Camberwell, de l'autre côté de l'eau. Du moment où je savais où les prendre ils étaient à ma merci. J'avais laissé pousser ma barbe et il était impossible de me reconnaître : aussi je résolus de les suivre à la piste jusqu'à ce que se présentât le moment opportun pour agir. Car j'étais décidé cette fois à ne plus les laisser échapper.

« Peu s'en fallut cependant que cela n'arrivât, vous allez voir comment. Ils ne pouvaient faire un pas dans Londres sans que je ne fusse sur leurs talons, je les suivais quelquefois avec ma voiture et quelquefois à pied ; mais le premier système était le meilleur, car j'étais sûr alors de ne pas les perdre de vue. Seulement comme il ne me restait plus que les premières heures de la journée, ou les dernières de la soirée, pour gagner quelque argent, je me trouvai bientôt assez en retard vis-à-vis de mon patron. Cependant je n'attachai à ce détail aucune importance, du moment où je ne perdais pas la piste de mes deux scélérats. Ils étaient malins et craignaient évidemment d'être suivis. Aussi ne s'aventuraient-ils au dehors qu'après la tombée de la nuit et ne sortaient-ils jamais seuls. Deux semaines de suite je les filai ainsi du haut de mon fiacre sans avoir jamais pu les apercevoir l'un sans l'autre. Drebber, pour sa part, était gris la moitié du temps, mais jamais je ne trouvai la vigilance de Stangerson en défaut. Que ce fût le soir ou que ce fût le matin, pas une fois ne se présenta la moindre occasion favorable. Toutefois je n'en éprouvais aucun découragement, car j'avais le pressentiment que mon heure était proche. Ma seule crainte provenait de mon anévrisme. N'allait-il pas se rompre trop tôt et me laisserait-il le temps d'accomplir mon œuvre ? « Enfin un soir, comme j'allais et je venais le long de Torquay Tenace — c'est le nom de la rue où ils demeuraient, — je vis un fiacre venir se ranger devant la porte. Puis on y entassa des bagages et quelques instants après Drebber et Stangerson montèrent dans la voiture. Dès que celle-ci eut démarré, je fouettai mon cheval et ne la perdis plus de vue. J'étais fortement inquiet, car je craignais que les misérables ne fussent sur le point de quitter Londres. Ils descendirent à la station d'Euston : je confiai aussitôt mon cheval à un gamin afin de les suivre dans l'intérieur de la gare. Là je les entendis demander à un employé les heures de train pour Liverpool. On leur répondit qu'il y en avait un qui venait de partir et qu'il n'y en aurait pas d'autre avant quelques heures. Stangerson sembla fort ennuyé de ce contretemps, tandis que Drebber en paraissait plutôt aise. En me mêlant à la foule, je pus me rapprocher assez d'eux pour entendre tout ce qu'ils disaient. Drebber déclarait qu'il avait une petite affaire personnelle à régler et demandait à l'autre de l'attendre là, lui promettant de le rejoindre avant peu. Mais son compagnon faisait des difficultés et objectait qu'ils étaient convenus de ne jamais se séparer. À cela Drebber répliqua que la démarche qu'il avait à faire était d'une nature très délicate et qu'il ne pouvait l'accomplir que seul ; je ne pus saisir la réponse de Stangerson. Mais en l'entendant, Drebber se mit à jurer et à tempêter, lui rappelant qu'il n'était qu'un simple serviteur à ses gages et qu'il n'avait pas d'ordres à lui donner. Là-dessus le secrétaire renonça à toute discussion et demanda simplement à son maître, dans le cas où il manquerait le dernier train, de venir le rejoindre à l'hôtel d'Halliday, ce à quoi Drebber répondit qu'il se trouverait sur le quai de la gare avant onze heures, puis il s'éloigna.

« L'instant que j'avais appelé si longtemps de mes vœux était enfin arrivé. Mes ennemis allaient se trouver en mon pouvoir. Réunis, ils pouvaient se secourir mutuellement, isolés ils étaient à ma merci. J'évitai cependant d'agir avec trop de précipitation. Quelle satisfaction trouverait-on à se venger si on ne donnait à celui qui vous a offensé le temps de reconnaître et la main qui le frappe et la cause de son châtiment ? Aussi mon plan était-il déjà préparé ; j'avais tout combiné de façon à ce que l'auteur de mes maux vit nettement son ancien crime s'élever enfin contre lui et l'écraser. Le hasard avait fait que, quelques jours auparavant, un de mes clients, chargé de surveiller plusieurs maisons dans Brixton Road, avait laissé tomber dans ma voiture, la clef de l'une d'elles. Cette clef avait été réclamée le soir même ; mais, avant de la rendre, j'avais eu soin d'en prendre l'empreinte et j'en avais fait faire une semblable. Grâce à cette circonstance fortuite, je m'étais ménagé dans la grande ville un refuge où j'étais sûr de ne pas être dérangé. Le seul côté difficile du problème était d'amener Drebber jusque dans cette maison.

« Le misérable était sorti à pied de la gare ; successivement il entra dans plusieurs cabarets et même au dernier il prolongea sa station pendant plus d'une demi-heure. Lorsqu'il parut sur le seuil, il titubait déjà et semblait passablement gris. Justement un fiacre se trouvait là à quelques pas devant le mien. Il le héla. Je le suivis aussitôt et de si près que le nez de mon cheval n'était jamais à plus d'un mètre de l'autre voiture. Nous traversâmes le pont de Waterloo, nous suivîmes des rues interminables, jusqu'à ce qu'enfin, à ma grande surprise, nous

nous retrouvâmes devant la maison où il avait logé jusque-là. Quelle était son intention ? C'était ce que je ne pouvais comprendre ; néanmoins je continuai mon chemin et m'arrêtai une centaine de mètres plus loin. L'autre fiacre après avoir déposé son client s'était éloigné…. Mais veuillez être assez bon pour me donner un verre d'eau ; ce long récit m'a terriblement altéré. »

Je lui tendis un verre qu'il avala d'un seul trait.

« Ah ! cela va mieux, dit-il. Pour lors, j'attendis donc au moins un quart d'heure lorsque tout à coup j'entendis comme le bruit d'une lutte dans l'intérieur de la maison. L'instant d'après, la porte s'ouvrit brusquement et j'aperçus deux hommes, Drebber et un autre très jeune que je n'avais encore jamais vu. Ce dernier tenait Drebber par le collet et du haut de l'escalier il lui donna une forte poussée, accompagnée d'un vigoureux coup de pied, qui l'envoya rouler au milieu de la rue. « Sale animal, cria-t-il en le menaçant de sa canne, je t'apprendrai à insulter une honnête fille. » Il était dans une telle colère qu'il aurait certainement administré une volée de coups de bâton à Drebber si celui-ci ne s'était enfui, en courant de toutes ses forces. Apercevant mon fiacre au détour de la rue, il sauta dedans en me criant : « à l'Hôtel d'Halliday ».

« En voyant que je le tenais enfin dans ma voiture, mon cœur bondit si joyeusement dans ma poitrine que j'eus peur de sentir, au dernier moment, mon anévrisme se rompre. Je marchais lentement me demandant le meilleur parti à prendre. Je pensais déjà l'emmener dans la campagne et profiter d'un endroit écarté pour avoir avec lui un entretien suprême ; j'allais m'y décider quand il se chargea lui-même de me fournir la solution du problème. Ses instincts d'ivrogne ayant repris le dessus, il me donna l'ordre de m'arrêter devant un cabaret où il entra en m'enjoignant de l'attendre. Il y resta jusqu'à l'heure de la fermeture et, quand il en sortit, il était dans un tel état qu'il se trouvait évidemment à ma merci.

« N'allez pas croire que j'aie voulu l'assassiner de sang-froid, quoique cependant ce n'eût été que justice ; je n'aurais pu m'y résoudre. Non, depuis longtemps j'étais décidé à lui laisser une chance de salut, s'il voulait l'accepter. Parmi les nombreux métiers que j'ai exercés en Amérique dans le cours de ma vie errante, il m'arriva d'être employé comme gardien et préparateur au laboratoire de l'université d'York. Un jour le professeur, faisant une conférence sur les poisons, montra à ses élèves ce qu'il appelait un alcaloïde : c'est une substance dont les sauvages de l'Amérique du Sud se servent pour empoisonner leurs flèches, et dont les vertus toxiques sont si puissantes, qu'un simple grain suffit pour occasionner une mort foudroyante. Je fis une marque au flacon qui contenait cette substance et, quand tout le monde fut parti, j'en dérobai un peu. J'étais devenu un assez bon préparateur ; aussi me fut-il facile de fabriquer avec cet alcaloïde un certain nombre de pilules. Puis je pris plusieurs petites boîtes et dans chacune d'elles je mis deux pilules, l'une inoffensive et l'autre mortelle. Je voulais, quand mon heure viendrait, proposer à ceux que je poursuivais de ma haine, de choisir une de ces pilules et de l'absorber tandis que j'avalerais l'autre. C'était plus sûr qu'un duel avec un seul pistolet chargé et cela avait l'avantage de faire moins de bruit. À partir de ce jour je portai sans cesse sur moi ces petites boîtes et je suis arrivé dans mon récit au moment où j'eus à les employer.

« Il était plus de minuit, ou plus exactement près d'une heure du matin, la nuit était sombre et glaciale, avec des rafales d'eau que chassait un vent violent. Malgré cela, je me serais volontiers mis à chanter tout haut. Si jamais il est arrivé à l'un de vous de désirer quelque chose de toutes ses forces, de l'attendre pendant vingt longues années et de voir enfin son espoir se réaliser tout à coup, celui-là me comprendra. J'allumai un cigare pour calmer mes nerfs. Mais mes mains tremblaient et j'entendais distinctement le battement de mes tempes. Tout en marchant, je voyais, comme je vous vois maintenant, le vieux John Ferrier et la chère Lucy qui émergeaient de l'obscurité et me regardaient en souriant ; ils se tenaient devant moi de chaque côté de mon cheval et ils ne me quittèrent pas jusqu'à la maison de Brixton Road.

« On ne voyait pas un être vivant dans la rue, on n'entendait pas un bruit, si ce n'est le clapotis de la pluie. En regardant par la portière je m'aperçus que Drebber s'était effondré dans un lourd sommeil d'ivrogne. Je le pris par le bras et le secouai. Nous sommes arrivés, lui dis-je.

« — Bien, mon brave », répliqua-t-il.

« Il supposait évidemment que nous étions devant l'hôtel qu'il avait désigné. Aussi, sans ajouter un mot, il descendit de voiture et m'accompagna à travers le jardin. J'étais obligé de marcher à côté de lui pour le soutenir ; car il se trouvait encore sous l'influence de l'alcool. Arrivé à la porte de la maison, je l'ouvris et j'introduisis mon compagnon dans la première pièce. Là encore, je vous le jure, le père et la fille apparurent distinctement à mes yeux.

« — Il fait noir comme dans un four, dit Drebber en frappant du pied.

« — Nous allons avoir de la lumière, dis-je en faisant craquer une allumette et en enflammant une bougie de cire que j'avais eu soin d'apporter avec moi. Et maintenant, Enoch Drebber, continuai-je en me retournant vers lui et en approchant la lumière de ma figure, me reconnaissez-vous ? »

« Il me regarda un instant avec ses yeux troubles d'ivrogne, puis tout à coup je les vis s'ouvrir démesurément sous l'empire d'une terreur folle qui bouleversa tous ses traits ; il savait à quoi s'en tenir ; aussi fit-il un bond en arrière, la figure décomposée, la sueur perlant sur son front, les dents claquant. Je m'appuyai contre la porte tout en riant de bon cœur. J'avais toujours pensé que la vengeance me serait douce, mais je n'aurais jamais osé espérer une jouissance pareille.

« — Misérable, fis-je, je t'ai donné la chasse à travers le Nouveau et l'Ancien Monde, et jusqu'ici tu m'avais toujours échappé. Mais, maintenant, ces pérégrinations touchent à leur fin, l'un de nous deux ne verra pas le soleil se lever demain matin. »

« Il continuait à reculer pendant que je m'adressais ainsi à lui et je vis qu'il me croyait fou. Ah ! je l'étais en effet, à ce moment. Le sang faisait résonner mon pouls et mes tempes comme un marteau sur une enclume et j'allais certainement avoir une attaque quand, par bonheur, un violent saignement de sang vint me soulager.

« Te souviens-tu maintenant de Lucy Ferrier ? m'écriai-je, après avoir fermé la porte et en lui mettant la clef sous le nez. Ah ! le châtiment s'est fait attendre, mais le jour de la vengeance est enfin arrivé… » Le lâche se mit à trembler de tous ses membres et m'aurait bassement supplié de lui donner la vie, s'il n'avait pas trop bien compris que tout serait inutile.

« Est-ce-que vous voulez m'assassiner ? balbutia-t-il.

— Qui parle d'assassinat ? répondis-je. Est-ce assassiner que d'abattre un chien enragé. As-tu eu pitié, toi-même, quand tu as arraché la pauvre fille qui m'était si chère, au cadavre de son père, pour la livrer à l'infamie et à la honte dans ton harem maudit ?

— Ce n'est pas moi qui ai tué son père, implora-t-il.

— Mais c'est toi qui as brisé ce cœur innocent, hurlai-je, et je tirai de ma poche une de mes petites boîtes. Que le Dieu tout-puissant juge entre nous, continuai-je, choisis une de ces pilules. L'une d'elles contient la mort, l'autre est inoffensive, je prendrai celle que tu laisseras. Nous verrons bien s'il y a une justice au ciel, ou si c'est le hasard seul qui nous mène. »

« Il s'affaissa comme un lâche en poussant des cris et des supplications. Mais, sortant mon couteau, je le lui mis sous la gorge jusqu'à ce qu'il se fût exécuté. Alors j'avalai la pilule qu'il avait laissée et nous restâmes à nous regarder l'un l'autre une minute environ. Lequel allait continuer à vivre, lequel allait mourir ? Jamais je ne pourrai oublier l'expression de son regard au moment où les premières souffrances l'avertirent que le poison allait accomplir son œuvre. Je me mis à rire et lui présentai alors l'anneau de mariage de Lucy. Mais l'action du poison était presque foudroyante. Un spasme convulsa ses traits, il jeta les mains en avant, chancela un instant, puis s'abattit avec un cri rauque. Je le retournai alors avec mon pied et, mettant ma main sur son cœur, je vis qu'il avait cessé de battre ; il était bien mort.

« Jusque-là je n'avais fait aucune attention à mon saignement de nez. Je ne sais comment il me vint à l'esprit de me servir de mon sang pour tracer une inscription sur le mur. Peut-être me parut-il plaisant de lancer la police sur une fausse piste ; je me sentais à ce moment-là si joyeux et si gai ! Je me rappelais, en effet, qu'on avait trouvé dans New-York un Allemand assassiné avec le mot *Rache* épinglé sur son cadavre, et les journaux avaient longuement disserté à ce sujet pour expliquer que ce crime ne pouvait être imputé qu'aux sociétés secrètes. Je pensai que ce qui avait intrigué les habitants de New-York intriguerait également ceux de Londres ; aussi je trempai mon doigt dans mon propre sang et j'écrivis le même mot *Rache* bien en vue sur le mur. Puis je retournai à ma voiture ; le temps était toujours aussi épouvantable et personne ne rôdait aux environs. J'avais déjà parcouru une certaine distance, lorsqu'en mettant la main dans ma poche je m'aperçus que la bague de Lucy n'y était plus. Cette découverte me bouleversa, car c'était le seul souvenir qui me restât d'elle. Je supposai que je l'avais laissé tomber en me penchant sur le cadavre de Drebber et je revins sur mes pas. Abandonnant mon fiacre dans une rue voisine, je me dirigeai bravement vers la maison. Tout en effet me paraissait préférable à la perte de cette bague. Mais, en entrant, je tombai dans les bras d'un agent de police et je ne pus désarmer ses soupçons qu'en contrefaisant l'ivrogne.

« Voilà comment mourut Enoch Drebber ; il ne me restait plus qu'à en user de même vis-à-vis de Stangerson pour finir d'acquitter la dette de John

Ferrier. Je savais que celui-là logeait à l'hôtel d'Halliday, mais j'eus beau tourner tout autour pendant une journée entière, il ne mit pas le nez dehors. Des craintes lui étaient venues, je l'imagine, en ne voyant pas réapparaître Drebber. C'était un homme très rusé que ce Stangerson et qui se tenait toujours sur ses gardes. Mais s'il croyait se mettre hors de ma portée en se tenant enfermé il se trompait étrangement. Je découvris facilement quelle était la fenêtre de son appartement et le lendemain matin, me servant d'une échelle qu'on avait laissée dans une ruelle derrière l'hôtel, je n'introduisis dans sa chambre à la pointe du jour. Je le réveillai alors en lui annonçant que l'heure était venue de rendre des comptes au sujet de son ancien crime. Puis je lui racontai la mort de Drebber et lui présentai une boîte de pilules. Au lieu de saisir la chance de salut que je lui offrais ainsi, il sauta de son lit et m'empoigna à la gorge. J'étais alors en cas de légitime défense et je lui plongeai mon poignard dans le cœur. Du reste, de toute manière, il devait mourir, car jamais la Providence n'eût permis que sa main criminelle vînt à choisir une autre pilule que celle contenant le poison.

« Je n'ai plus grand'chose à ajouter, et j'en suis bien aise, car je me sens épuisé. Après les événements, je continuai mon métier de cocher de fiacre, comptant amasser assez d'argent pour retourner en Amérique. Tout à l'heure j'étais dans la cour de mon patron, lorsqu'un gamin tout déguenillé vint demander s'il n'y avait pas là un cocher nommé Jefferson Hope, ajoutant qu'un client le priait de venir avec sa voiture, n° 221, Baker Street. Je m'y rendis aussitôt sans la moindre méfiance, et quelques secondes plus tard, ce jeune homme, ici présent me serrait de la façon la plus élégante en me passant aux bras les jolis bracelets que voilà. Telle est, messieurs, toute mon histoire. Vous pouvez me considérer comme un assassin, mais pour moi, je trouve que je n'ai été que l'instrument de la justice, tout au même titre que vous pouvez l'être. »

Le récit de Jefferson Hope nous avait tellement captivés, son attitude était si impressionnante, que nous restions tous là silencieux et pensifs. Les agents, eux-mêmes, quelque blasés qu'ils fussent par profession sur tous les genres de crimes, semblaient intéressés au plus haut point. On n'entendait dans la chambre que le crayon de Lestrade courant sur le papier pour finir la relation qu'il venait de sténographier.

« Il ne me reste qu'un point à éclaircir, dit enfin Sherlock Holmes. Quel était ce complice qui est venu réclamer la bague après l'annonce que j'avais insérée dans les journaux ? »

Le prisonnier cligna de l'œil d'un air malin :

« Je puis révéler les secrets qui me touchent personnellement, dit-il, mais je ne veux pas mettre les autres dans l'embarras à cause de moi. J'avais lu votre annonce et j'ai pensé qu'elle pouvait n'être qu'une ruse, tout comme elle pouvait m'aider à rentrer en possession de la bague. Un ami s'offrit pour aller voir ce qui en était. Vous reconnaîtrez, je pense, qu'il a su s'acquitter assez proprement de sa mission ?

— Sans aucun doute, avoua Holmes franchement.

— Maintenant, messieurs, remarqua gravement l'inspecteur, il est temps de laisser les formalités de la loi s'accomplir. Jeudi le prévenu comparaîtra devant les magistrats et votre présence sera nécessaire. Mais jusque-là j'en reste seul responsable. »

Tout en parlant, il avait agité une sonnette ; à ce signal deux gardiens apparurent qui emmenèrent Jefferson Hope. Holmes et moi nous sortîmes alors du poste et nous prîmes un fiacre pour rentrer à Baker Street.

CHAPITRE VII
ÉPILOGUE

Nous avions été cités à comparaître le jeudi suivant devant les magistrats, mais au jour dit notre témoignage était devenu inutile. Un juge plus puissant s'était chargé de l'affaire et Jefferson Hope avait été appelé devant le tribunal qui, seul, rend la justice suprême. Dans la nuit même qui avait suivi son arrestation, son anévrisme s'était rompu, et le lendemain matin on l'avait trouvé étendu sur le sol de sa cellule, la figure souriante, les traits calmes, comme si à son heure dernière il avait vu se retracer devant lui toute une existence utile et bien remplie.

« Gregson et Lestrade vont être navrés de cette mort, remarqua Holmes tandis que nous la commentions le lendemain soir. C'en est fait maintenant de leur belle réclame.

— Je ne trouve pas qu'ils aient pris une si grande part au succès final, répondis-je.

— En ce monde ce que vous faites importe peu, répliqua mon compagnon d'un ton amer. C'est ce que vous paraissez avoir fait qui est tout. Quoi qu'il en soit, reprit-il plus gaiement un moment après, j'aurais été désolé de manquer cette affaire. Je ne me souviens pas d'avoir rencontré un cas plus intéressant et, quelque simple qu'il fût, il renfermait cependant plusieurs côtés fort instructifs.

— Quelque simple qu'il fût ? m'écriai-je.

— Mon Dieu, oui, on ne peut guère lui donner d'autre épithète, dit Sherlock Holmes en souriant de ma surprise. La preuve en est que, grâce à une suite de raisonnements fort peu compliqués, j'ai pu, en l'espace de trois jours, mettre la main sur le criminel.

— C'est pourtant vrai, fis-je.

— Je vous ai déjà expliqué que tout problème qui sort des voies battues, loin d'être plus difficile est bien plus aisé à résoudre. Seulement, dans un cas de ce genre, l'important est de raisonner à rebours. C'est bien simple, c'est d'une utilité incontestable et cependant personne ne le fait. En effet, dans l'habitude de la vie, on emploie plus souvent le raisonnement direct et on en prend ainsi l'habitude. Vous trouverez cinquante personnes capables d'agir par déductions synthétiques, pour une qui saura procéder par analyse.

— J'avoue, dis-je, que je ne vous comprends pas très bien.

— Je m'en doutais. Voyons si je puis m'expliquer plus clairement. Prenez quelqu'un à qui vous exposiez une succession de faits, il saura presque toujours deviner ce qu'ils ont produit, car après les avoir tous coordonnés dans son esprit, il aura vu à quoi ils aboutissaient. Mais quand on ne livre que le résultat, bien peu de personnes possèdent en elles assez de ressources pour reconstituer les différentes étapes qui ont précédé et qui ont occasionné l'événement final. Voilà ce que j'entends par le raisonnement à rebours ou analytique.

— Je comprends, dis-je.

— Dans cette dernière affaire, vous connaissiez le résultat et il fallait en déduire tout le reste. Eh bien, je vais essayer de vous faire saisir mon procédé. Commençons par le commencement. Je me suis approché de la maison à pied, comme vous avez pu le voir, et l'esprit dégagé de toute idée préconçue. Mon premier soin fut d'examiner la route et là, je vous l'ai du reste déjà expliqué, je relevai distinctement les traces laissées par les roues d'un fiacre, traces qui ne pouvaient dater que de la nuit. Je savais que c'était un fiacre et non une voiture de maître par le peu de distance qui séparait les roues ; en effet un coupé élégant possède une voie sensiblement plus large que celle d'une vulgaire locatis.

« Voilà donc un premier point gagné. Je suivis ensuite lentement l'allée du jardin qui, grâce à la nature argileuse du sol, avait conservé aux empreintes faites toute leur netteté. Là où vous n'avez vu qu'un passage boueux et piétiné en tous sens, mon œil exercé relevait dans chaque trace une indication précieuse. Il n'y a pas de branche dans la science du policier plus importante et plus négligée en même temps que celle qui a trait aux empreintes laissées sur le sol. Heureusement pour moi, j'y ai toujours attaché une importance capitale et une longue pratique me l'a rendue tout à fait familière. Je distinguai ainsi les pas des agents de police, mais je découvris également les marques laissées par deux hommes qui, les premiers, avaient traversé le jardin. Il était bien facile de les reconnaître, car par endroits elles avaient été complètement effacées par les pas de ceux qui étaient venus après eux. Je tenais ainsi le second anneau de la chaîne et je savais maintenant que les visiteurs de la nuit étaient au nombre de deux, l'un d'une taille élevée (la longueur de son pas le prouvait), l'autre élégamment vêtu comme je pouvais en juger par l'étroitesse et l'élégance de ses bottines.

« En entrant dans la maison, ma dernière supposition se trouva confirmée. L'homme aux chaussures élégantes était étendu devant moi. C'était donc le plus grand qui avait dû l'assassiner, si tant est qu'il y eût assassinat. Le cadavre ne portait en effet aucune trace de blessure et, cependant, l'expression de terreur empreinte sur les traits de l'individu montrait qu'il avait compris le sort qui l'attendait avant de le subir. Les gens qui meurent subitement, soit d'une maladie de cœur, soit de toute autre cause naturelle, n'ont jamais la figure aussi bouleversée. J'eus alors l'idée de renifler les lèvres du mort, et je sentis une odeur âcre qui me permit de conclure qu'on avait fait avaler de force à cet homme un poison terrible. Ce qui me prouvait qu'il avait bien été empoisonné par force, c'était l'expression de terreur et de haine répandue sur tous ses traits. Voilà où j'étais amené en procédant par élimination, puisque toute autre hypothèse ne cadrait pas avec les faits. N'allez pas vous imaginer qu'une telle supposition fût inadmissible. L'idée de forcer quelqu'un à absorber un poison n'est certainement pas nouvelle dans les annales du crime. Tous ceux qui se sont occupés de toxicologie connaissent le cas de Dolsky à Odessa et celui de Lelurier à Montpellier.

« Mais ce qu'il importait de connaître avant tout, c'était le mobile du crime. Ce n'était certainement pas le vol, puisque la victime n'avait pas été dévalisée. Était-ce une raison politique, une histoire de femme ? Voilà ce que je me demandais, tout en penchant nettement pour la dernière hypothèse. En effet, les assassins politiques, une fois leur tâche accomplie, n'ont qu'une idée, celle de fuir. Or, ici, le meurtrier avait agi avec le plus grand calme, restant dans la chambre jusqu'à la fin et y laissant de nombreuses traces de son passage. Une façon si méthodique de procéder semblait indiquer le châtiment d'une injure privée, et non une vengeance politique. Mon opinion ne fit que se confirmer en voyant l'inscription tracée sur le mur : on ne l'avait faite que pour égarer les premières recherches et la découverte de la bague prouva bien la justesse de mes appréciations. N'était-il pas évident que le meurtrier avait mis cet anneau sous les yeux de la victime pour lui rappeler une femme qu'ils avaient connue ? C'est alors que je demandai à Gregson si, en télégraphiant à Cleveland, il avait précisé quelque point particulier à éclaircir dans l'existence antérieure de M. Drebber. Vous vous souvenez, n'est-ce pas ? qu'il me répondit par la négative.

« Je me mis ensuite à examiner attentivement la chambre ; je constatai que je ne m'étais pas trompé quant à la taille de l'assassin et je recueillis quelques indications complémentaires comme celles du cigare de Trichinopoli et de la longueur inusitée des ongles. Du moment où il n'y avait aucun indice de lutte, je pensais bien que le sang qui couvrait le plancher provenait d'un saignement de nez, produit par l'état d'excitation dans lequel se trouvait l'auteur du crime, et je constatai même que les taches coïncidaient avec la trace de ses pas. Il faut en général, pour que pareil accident arrive, être doué d'un tempérament très sanguin. Aussi ne craignis-je pas d'avancer que le criminel devait être un homme très fort avec une figure congestionnée. La suite a prouvé que je ne me trompais pas.

« En quittant la maison du crime, je cherchai à réparer les omissions commises par Gregson. Je télégraphiai au chef de la police à Cleveland en lui demandant simplement tout ce qu'il savait à propos du mariage d'Enoch Drebber. La réponse fut concluante. Drebber avait déjà, paraît-il, demandé à la justice de le protéger contre un ancien rival en amour nommé Jefferson Hope, lequel se trouvait actuellement en Europe. J'avais donc réuni dans ma main tous les fils du mystère, et il ne me restait plus qu'à m'assurer du meurtrier.

« Un point déjà me paraissait bien établi ; l'homme qui avait suivi Drebber dans la maison ne pouvait être que le cocher qui l'avait amené. Les pas du cheval indiquaient en effet qu'on l'avait laissé seul dans la rue, sans personne pour le garder, et qu'il en avait profité pour errer un peu. Or le conducteur n'avait pas pu aller ailleurs que dans la maison. D'ailleurs, comment supposer qu'à moins d'être fou, un homme aille de propos délibéré commettre un crime devant un témoin qui ne manquerait pas de le dénoncer ? Enfin, si quelqu'un voulait s'acharner sur la piste d'un ennemi, quel meilleur moyen aurait-il pour le suivre que de se faire cocher de fiacre ? Toutes ces considérations m'amenèrent à conclure que pour mettre la main sur Jefferson Hope, il suffisait de le chercher parmi les cochers de fiacre de la capitale.

« Car il n'avait pas dû cesser son métier. N'aurait-ce point été attirer l'attention sur lui que de changer brusquement d'existence ? Selon toute apparence il devait donc, pendant quelque temps au moins, continuer à mener son fiacre. Je ne craignais guère qu'il eût pris un faux nom ; à quoi cela lui aurait-il servi dans un pays où personne ne le connaissait ? J'embrigadai alors mes petits gamins de la rue pour en former un vrai corps d'agents de police et je leur fis faire successivement la tournée de tous les propriétaires de fiacres de Londres, jusqu'à ce qu'ils eussent découvert l'homme que je cherchais. Vous vous rappelez comment ils s'acquittèrent de cette mission et combien je m'empressai d'en profiter. Quant à l'assassinat de Stangerson, il était bien difficile à prévoir et, je crois, presque impossible à prévenir. Cependant ce dernier crime me permit de mettre la main sur les pilules dont je n'avais fait jusque-là que soupçonner l'existence…. Vous le voyez, tout cela forme une chaîne de conséquences ininterrompue et parfaitement logique.

— C'est merveilleux ! m'écriai-je. Vos talents méritent d'être connus de tous et vous devriez publier un compte rendu de toute cette affaire. Je vous avertis que, si vous ne le faites pas, je l'écrirai à votre place.

— Faites ce que vous voudrez, docteur, mais lisez d'abord ceci », répondit Holmes, en me tendant un journal.

Ce journal était l'*Écho* du même jour ; le paragraphe qu'il me désignait était consacré à notre affaire et ainsi conçu :

« La mort subite du nommé Hope, accusé d'avoir assassiné MM. Enoch Drebber et Stangerson, prive le public d'un procès qui promettait d'être excessivement sensationnel. Il est probable qu'on ne connaîtra jamais maintenant tous les détails de cette histoire. Tout ce que l'on sait, nous assure-t-on de bonne source, c'est que le crime est dû à une sorte de vendetta des plus romanesques, qui date de très loin et dans laquelle se confondent amour et mormonisme. Il paraît que les deux victimes appartenaient autrefois à la secte des Mormons et Hope, l'inculpé qui vient de mourir, est également originaire de Salt Lake City. À défaut d'autre résultat, cette affaire a eu au moins l'avantage de mettre en relief, de la manière la plus brillante, l'efficacité de notre police. Les étrangers sauront maintenant qu'ils feront mieux de vider leurs querelles chez eux et de ne pas choisir pour cela le sol britannique. Personne n'ignore que l'honneur de cette difficile capture revient entièrement à MM. Lestrade et Gregson, les agents si connus de Scotland Yard. Le criminel fut arrêté, paraît-il, dans l'appartement d'un certain M. Sherlock Holmes qui lui-même, comme policier amateur, a montré quelquefois un certain flair. Nul doute qu'avec de tels professeurs, il n'arrive bientôt à se montrer presque leur émule. Tout le monde espère qu'en reconnaissance de leurs services signalés, les deux agents cités plus haut, recevront avant peu une récompense bien méritée. »

« Ne vous l'avais-je pas prédit au moment où nous nous sommes mis en campagne ? s'écria Sherlock Holmes en riant. Voilà tout le résultat de notre « Étude de Rouge » : faire délivrer à ces braves gens un certificat d'habileté.

— Peu importe ! répondis-je. J'ai consigné toute cette histoire dans mon journal et le public en aura connaissance. En attendant, contentez-vous d'avoir conscience du succès que vous avez remporté et répétez avec l'avare classique de l'ancienne Rome :

Populus me sibilat, at mihi plaudo, Ipse domi simul ac nummos contemplor in arca.

FIN

Printed in France by Amazon
Brétigny-sur-Orge, FR